真夜中の金魚

福澤徹三

角川文庫
16193

ガラスのむこうを、銀色の玉が際限もなく転げ落ちていく。液晶の画面では、魚をモチーフにした絵柄が、めまぐるしく回転と停止を繰りかえしている。

パチンコ台の前で玉のゆくえを追っていると、ときおり妙なことを考える。ほとんどの玉がいちばん下の暗がりに吸いこまれていくが、むろんどこかの穴に入るものもある。どの玉もおなじように打ちだされていくのに、うまく穴に入るのと、そうでないのとにわかれるのが不思議といえば不思議だ。

人間という玉を世間という台にぶちまけたら、金持と貧乏人にわかれるのも似たようなものだろう。二十五歳というのは、台のどのへんを転がっているのか、入りたい穴はないし、入るべき穴も見つからない。

おれの台にスーパーリーチがかかっている。

リーチというのは説明するまでもなく、大当りの一歩手前だが、スーパーリーチはその格上のやつで、ふつうのリーチより期待値が高い。

七七四、七七五、七七六ときて、絵柄の進行がスローになった。

ハンドルから手を放して眺めていると、七七七をゆっくりとすぎて七七八で停まった。むろんハズレだが、べつに惜しくはない。パチンコ台は玉が穴に入った瞬間に、大当りか否かの抽選を基盤の内部で判定している。液晶画面でどんなに派手な演出があろうと、とっくに結果はでているので、力んだところでどうにもならない。

にもかかわらず、客たちはみな固唾《かたず》を呑《の》んでリーチを見つめる。録画した競馬中継を見ながら手に汗握るようなものだが、ガラスを指で押さえて念力をかけるオヤジだの、台にむかって祈りを捧《ささ》げるババアだの、北九州という土地柄は土俗信仰が盛んである。

もっとも、念力や祈りは静かなだけましで、リーチがかかるたびに大当りとはなんの関係もないボタンを高速で連打したり、玉皿に張り手をかましたりする奴らがいる。木を揺さぶって果物でも落とすように、液晶画面が衝撃で動くと思っているらしい。

未開の裸族のような連中だが、すでに確定している過去が未来として受けとめられるのはおもしろい。つまり過去のことでも結果が見えなければ、未来とおなじなのだ。

そういう意味でいえば、おれの毎日など、決まりきったお粗末な未来をめくっているようなものかもしれない。

夕方の五時をすぎて、店の仕込みにいく時間になった。

ケータイで金子《かねこ》を呼ぶと、まもなく血色の悪い顔が台のガラスに映った。金子は三流大学の三年生で、学校にはほとんどいかずにギャンブルばかりしている。落ちこぼれの見本のようなやつだが、つきあいがいいのだけが取り柄だ。

「代打ちすか」

と金子が訊《き》いた。おれはうなずいて、

「千円で四十以上あるから、いまからでも、なんぼか抜けるやろ。玉は右に流せ」

四十というのは、千円あたりの回転数である。当然ながら、たくさんまわるほど、大当りしやすい。この台の大当り確率は三百四十分の一で、ハマれば千円で四十回まわっても追いつかないが、閉店まで六時間近くあるから、なんとかなるだろう。

この台は、右打ちしないと千円で二十回もまわらない。万一ほかの客が坐《すわ》ったときのために、そういう釘《くぎ》調整になっている。つまり釘師とつるんだゴトである。

金子に台を譲って、席を立った。

二十杯近く積みあげたドル箱を、店員に運ばせて景品に替えた。ドル箱一杯が二千発で、「マルタマ会館」の換金率は二円五十銭だから、十万円弱の出玉である。

キンキンに冷房が効いた店をでたとたん、むせかえるような熱気に汗がにじんでくる。梅雨はまだ明けていないはずだが、七月に入ってからずっと晴天続きで、夕方になっても暑い。陽に炙《あぶ》られたアスファルトに、酔っぱらいの吐瀉《としゃ》物が「もんじゃ焼」のように広がって、酸っぱい臭いを放っている。

ごみごみした路地には、立ち呑み屋、焼肉屋、ラーメン屋、アダルトショップ、ゲーセン、ファッションヘルスといった店が軒を連ねている。駅前は再開発で整備されて、どこもかしこもきれいになったが、この一画はガキの頃から変わらない。

行政の連中は、この街を文化的な都市にしようとやっきになっていて、あちこちに小ぎれいな商業施設を作ったり、文化事業に手をだしたりしている。

けれども、もとをたどれば、製鉄と炭鉱と博打《ばくち》で栄えた街だ。住んでいる奴を入れ替えない限り、長年の手垢《てあか》は抜けやしない。

店の裏手にある景品交換所にいって、窓口に景品を突っこんだ。老婆の肥《ふと》った手が無言で札を押しだしてくる。元手は一万ちょっとだが、ここから「マルタマ会館」の店長に半額を渡すから、朝イチから粘ったわりに大した稼ぎではない。

立ち呑み屋の「かどや」の前を通りかかると、飯塚《いいづか》が鶏のモモ焼を喰《く》いながら、焼酎《しょうちゅう》をあおっていた。まだ四十前のはずだが、酒焼けで赤銅色になった顔は五十でも通る。

飯塚はおれに気づいて、鶏のモモ焼を持ったまま店をでてきた。はだけたシャツの胸から褪《あ》せた刺青《いれずみ》が覗《のぞ》いている。

「でたんか」

飯塚は極道くずれで「マルタマ会館」の常連である。もとは誠神会《せいしんかい》という地元組織の組員だったが、ずいぶん前に破門されている。

飯塚は、ひとの顔を見るたびに「でたんか」と、バカのひとつおぼえで訊く。でたといえば、酒をたかられるだけだから、でらんと答えると、

「でるときはでるけど、でらんときはでらんの」

もっともらしい顔でうなずく。飯塚に限らず、パチンコ屋にいる連中は似たような台詞《せりふ》を口にする。でらんときにでて、でるときにでらん台があるはずがないが、脳味噌《のうみそ》が煮えている奴には、なにをいってもむだである。

飯塚は路上でモモ焼を齧《かじ》りながら、

「たまには一杯おごれや」

「残念やの。いまから店なんや」

飯塚は舌打ちをして「かどや」にもどった。鶏を焼く煙で煙った店のなかでは、七、八人の男たちが焼酎やビールをあおっている。

この街には、飯塚のようなヨゴレがたくさんいる。西のほうだと極道もひっくるめてヨゴレと呼ぶらしいが、北九州では極道のほうが立場が上である。

こっちのヨゴレたちは、日中はパチンコを打ってノミ屋で競輪をして、合間に立ち呑み屋で焼酎を呑む。夜は麻雀をするか、安いピンサロで女の尻《しり》を撫《な》でている。定職もないのにどうして飯が喰えるかというと、女が風俗で稼いでいるか、生活保護をもらっているか、あるいはその両方だ。働き盛りのおっさんが生活保護をもらったら、ふつうは肩身がせまそうだが、そういう連中ほど偉そうにしているのが、この街の特徴である。

飯塚が鶏を喰っているのを見たせいか、小腹が減って「龍《りゅう》」でカレーを喰った。

「龍」は老夫婦が経営するカレー屋で、おれは高校生の頃から通っている。四十年以上も前からあるらしいが、店はせまくて十人も入ればいっぱいになる。

ここのカレーは、とろりとした脂身のほかに具は入っていない。色は真っ黒で、味もふつうのカレーとはまったくちがう。四十年も煮込み続けているうちに、いつのまにか、べつの料理になったという感じだが、なんともいえず旨《うま》い。

この界隈《かいわい》での飯といえば、この店のほかは「藤島《ふじしま》」の天ぷらか「一平《いっぺい》」のラーメンと決まっている。どちらも「龍」とおなじくらい前からやっているらしいが、最近はファーストフードばかりになってきて、そのうちなくなるのではないかと不安になる。

みんなおなじものばかり喰っているから、おなじような奴が増える気がする。カレーをたいらげて「龍」をでると、さっそくそういう見本がいた。

長髪を金色に染めた、はたちくらいの男が地面にしゃがんで、ケータイをいじっている。タンクトップを着た肩にトライバルのタトゥーを入れて、腰穿《こしば》きしたジーンズから薄汚いパンツがはみだしている。

男はおれに気づくと、薄茶色のサングラス越しにガンをつけてきた。無視して前を通りすぎようとしたら、男はカーッと喉《のど》を鳴らして、これみよがしに唾《つば》を吐いた。

バカにかまっているひまはなかったものの、さすがにむかついて足が止まった。

こんな田舎町にも、ひと頃は関東のまねをしてカラーギャングだのチーマーだのがうろついていた。こっちは極道が多いし、いまだに族が幅をきかせているから、まもなく姿を消したが、かわりにこいつのような、わけのわからないガキが増えた。

「なんや、こらッ」

男は、おれをにらんで顎《あご》をしゃくった。おれが黙って見おろしていると、

「ケンカ売っとるんか、おまえ」

男はのっそり腰をあげた。

立ったら想像したよりもでかい。上背はおれより五センチはあるだろう。やはり無視すべきだったと悔やんだが、いまさらひくわけにもいかない。おれは巻き舌で怒鳴った。

「なんや、このクソガキが。誰にガンたれとるんじゃ」

「誰がガキや、こらッ」

男はやる気のようで、キティちゃんのサンダルを履いた足を踏みだしてきた。見るからに頭の悪そうな奴だと思っていたが、サンダルの趣味からすると、それ以上である。あるいは、マジでキティちゃんかもしれない。おれは一段と後悔しつつ、

「やるんやったら、こっちこい」

いまにも殴りかかってきそうな男に背をむけて歩きだした。

男がついてこなければ、そのままですますつもりだった。こんなバカとケンカしても一円にもならないし、おれは口が達者なだけで腕力に自信はない。できれば揉《も》めたくなかったが、男は執拗《しつよう》な性格らしく、あとを追ってきた。

「逃げんな、こらッ」

「がたがたいわんで、こっちこい」

急ぎ足で歩きながら、知恵を絞った。「かどや」へいって飯塚を巻きこめば話は早いが、恩を着せられては面倒である。

路地の突きあたりにあるファッションヘルスの階段をのぼった。

「どこいきよるんや」

ヘルスに入るのを見て、男はその筋を連想したのか、わずかに声がひるんでいる。

「ええから、こいちゅうとるんじゃ」

男は、おれのあとからコンクリートの階段をのぼってくる。やるとなったら、タイミングだけが勝負である。全身の神経を背後に集中して、男との間合をはかった。

階段をのぼりきる寸前、おれはいきなり振りかえって、男の腹を思いきり蹴《け》った。

男は驚いたように眼をひん剝《む》いて、両手で腹を押さえたが、そのままの恰好《かっこう》で、どすどすと尻から階段を落ちていった。

おれは胸のなかで快哉《かいさい》を叫びながら、転げ落ちる男を追って階段を駆けおりた。

男は階段の下で、あおむけに伸びている。その顔をめがけて、階段からジャンプした。

ごりッ、とした感触が靴底にあって、男が両手で顔を覆った。

「やめてくれッ」

男は鼻血を流しながら叫んだが、かまわず蹴りを入れ続けた。

バカとゾンビに手加減してはいけない。

あとで報復されるくらいなら、いま取りかえしのつかない軀《からだ》にしたほうがましである。

しばらくは身動きできない程度に蹴りまわして、最後に腹を力いっぱい踏んだ。

男は白眼を剝いて、海老《えび》のようにまるくなった。

あたりを見まわすと、昼サロの客引きが遠くからこちらを見ているだけで、ほかに人影はない。男の軀を転がして、ヘルスのむかいにあるゲイ専用の映画館の前に横たえた。このへんは、しょっちゅう酔っぱらいやシャブ中が倒れているから、少々のことでは騒ぎにはならない。

おれは財布から一万円札をだすと、血まみれになった男の顔の上に置いた。

「医者にいけや」

極道を気どっているわけではないし、金も惜しいが、しこりが残るのはわずらわしい。ガラの悪い街だけに、どういうしがらみがあるかわかったものではない。

ゲーセンのトイレで、靴についた血をトイレットペーパーで拭《ふ》いて、仕込みにいった。


おれが働いている店は、古ぼけたテナントビルの一階にある。

周辺は北九州で最大のネオン街で、製鉄や炭鉱が栄えていた頃は、酔っぱらいで身動きできないほど活気があったらしいが、いまはさびれて週末くらいしか人出がない。

まだひと気のないテナントビルのなかは、暗くひんやりしている。錆《さ》びついて軋《きし》むシャッターをあげて、足拭き用のマットと看板をひきずりだした。

看板には黒地に白抜きで「ギルビー」と書かれている。

ぱっとしない店名だが、この街の呑《の》み屋に多い当て字よりましだ。「来夢来人」だの「愛乱武勇」だの「紫留美亜」といった店名を見ただけで、むずむずする。「出似色」とか「愚澪人」とか「呪浬悦賭」とか当て字の難易度が高くなると、その店のママだかマスターだかのアホ面が浮かんできて、こめかみが痛くなる。

だいぶ前に「苦労話散」という名前のスナックが近所にあった。なんと読むのかずっとわからなかったが、あるとき「クロワッサン」だと気づいたときは寒気がした。

足拭きマットを敷いて、店に入った。真っ暗な店内には前夜の空気がよどんでいる。酒とタバコと香水の匂いに加えて、夏場は下水の臭いがする。

照明のスイッチを入れると、けばけばしいシャンデリアが灯《とも》って、古びた店内を照らしだす。カウンターと壁面はレリーフの浮いた木製で、床には真っ赤な絨毯《じゅうたん》が敷きつめられている。よくいえばゴージャスだが、悪くいえば時代遅れである。

洗面所を通って、キッチンのドアを開けると、チャバネゴキブリが何匹も冷蔵庫の裏に逃げこんでいく。ゴキブリはビル全体に巣くっているから、いくら退治しても、いっこうに減らない。ゴキブリホイホイはいくつも仕掛けているが、ひと晩でいっぱいになる。

市場で買った惣菜《そうざい》を冷蔵庫にしまって、足りなくなった酒を酒屋に注文してから、掃除機をかける。毛足の長い絨毯のなかには、さまざまなゴミが埋まっている。

爪楊枝《つまようじ》、枝豆のさや、ピーナツの殻、チェリーの種、輪ゴム、ヘアピンといったゴミが、ざらざらと音をたててホースに吸いこまれていく。

床掃除のあとは、カウンターとボックスのテーブルをダスターで拭いて、ミネラルウォーターの空き瓶に水を入れる。二十本ほどある空き瓶を横にならべて、水道の水を量が均等になるよう注意しながら注いでいく。早い話が、水割り用の「ミネ」を作る作業である。中身は水道水以外のなにものでもないが、客が呑むときには一本千円に化ける。

パチものの「ミネ」を作り終えて、キッチンへもどった。

キッチンの棚には、山崎《やまざき》のボトルが十本ならんでいる。すべて開封ずみだが、ウイスキーの量はすこしずつちがう。左端のボトルが一で、ワンフィンガーほどの量である。その隣が二で、一の倍の量が入っている。その隣が三、その次が四と増えていって、中身が満タンなのが右端の十だ。

これらのボトルの量を調整しておくのが、次の仕事である。

漏斗《じょうご》を使って、目分量で一から十までのボトルを作る。

山崎はうちのメインボトルだから、キープする客がいちばん多い。けれどもボトルには名前を書かせない。客の名前はプラスチックのプレートに、おれやホステスが書く。プレートには鎖がついていて、それをボトルの首にかけておく。

客が帰ると、ぱっと見でボトルの残り具合をチェックする。新品なら十、ほんのすこししか呑んでいないなら九といった数字を台帳に書いておく。

次にその客がきたときには、台帳を見て、前回の残量にあったボトルを棚から持っていく。むろんその際には、客の名前を書いたプレートをボトルの首にかける。

こうすればキープのボトルで棚をとらないから、むだな在庫を抱えずにすむ。

もうひとつ重要なのは、客にボトルをだすときに、台帳に書いてある数字より、ひとつ量がすくないボトルを持っていくことだ。つまり十分の一をごまかすわけだが、気がついた客はひとりもいない。前にきたとき泥酔していた客の場合は、一気に半分くらい減らしたボトルをだしてもわからない。

ボトルの調整をすませてから、前の晩に女の子たちに洗わせておいたおしぼりを巻き、水で濡《ぬ》らしてホットボックスに入れた。

水で濡らすのは、おしぼりが乾燥しすぎないためだ。おしぼりは業者に注文したほうが楽だが、金がかかる。しかもこの近所の業者は、おしぼりをピンサロやヘルスに使いまわしているようで、ときおり異様な臭いがしたり、縮れ毛がまぎれこんでいたりするのがいただけない。

出入りの八百屋が注文した野菜を持ってきた。こういう店でいちばん使うのは、大葉、チェリー、トマト、レタス、レモンといった彩り用の野菜である。

百円のカマボコの板わさでも、カマボコのあいだに大葉をはさんで、トマトとレタスとレモンを添えて、クリスタルの器に盛れば二千円である。

チェリーの缶詰を開けると、なかの汁を捨てて、チェリーをインスタントコーヒーの空き瓶に移す。そこに水を注いで、冷蔵庫に入れた。そうしないとチェリーはすぐに悪くなる。べつに衛生面への配慮ではなくて、単なる節約である。

何年か前、客の食べ残しをだしていると問題になった料亭があったが、あの程度は常識で、どこの店でもチェリーやパセリは使いまわしである。

だいたいエコだなんだとほざいている奴に限って、細かいことで文句をいう。残りものでも黙って喰《く》うのがエコだろう。

おれはひとりで毒づきながら、冷蔵庫からだした惣菜を金属のボウルに入れた。

これは突出しで、水商売では「イッピン」と呼ぶ。本来はチーフのおれが作らなければいけないのだが、最近は手を抜いて出来あいを買っている。

ひと息ついてカウンターでタバコを吸っていると、氷屋の兄ちゃんが顔をだした。

いつもどおり、氷を二カン注文した。カンとは尺貫法の貫かどうか知らないが、そう呼ぶことになっている。製氷機を使わないのは、カチ割りにこだわっているからではなく、社長がケチなだけだ。

六時半をすぎると、女たちが出勤してくる。

志穂《しほ》と宏美《ひろみ》がはたちで、明日香《あすか》が二十二、ママの香織《かおり》は二十八である。

もっとも、水商売でほんとうの年を申告する女はいないから、誰がどれだけサバを読んでいるかわからない。香織に至っては、どう見ても三十代後半に見えるが、本人は二十八だといい張っている。

女たちは洗面所やキッチンの鏡で、あわただしく化粧をなおす。それがすんだら紙ナプキンを折ったり、チャームと呼ばれる、豆やおかきといった乾き物を盛った小皿を作る。女たちが歩きまわるたび、安い香水の匂いが漂って、店内の饐《す》えた臭いを消していく。

七時の開店前に、香織の司会で朝礼がある。

内容は、接客の指導や新規の客をどうすれば獲得できるかといった、何度いっても改善されないことばかりだ。香織の口調は間のびしていて緊張感がない。

かつて社長の何番目かの愛人であったこと以外、ママにおさまっている理由は見あたらない。とはいえ、ただの雇われママだから、それで充分ともいえる。

七時になって有線のスイッチを入れると、ピアノの演奏が店内に流れだす。毒にも薬にもならない音楽だが、すこしでも高級そうに見せるためのハッタリである。

開店して一時間ほどで、カウンターが埋まってきた。

この店の呑み代はクラブよりは安いが、スナックよりは高い。そのせいで、中間管理職や自営業者といった中高年の客が多い。

ひとりの客が「あたりめ」を注文したので、おれはキッチンにひっこんだ。

スルメの「する」が、ギャンブルの「する」につながるから、それを嫌って「あたりめ」と呼ぶらしい。そんな蘊蓄《うんちく》はどうでもいいが、知らないと思われるのは癪《しゃく》に障る。

冷蔵庫からだしたスルメを軽く水で洗って、化学調味料をまんべんなくかける。水に濡らすのは化学調味料をなじませるためだ。酔っぱらい相手の料理は、塩味とグルタミン酸の旨味《うまみ》をきかせていればまちがいない。

スルメが裂きやすいよう、甲に包丁で細かく切れ目を入れてから、ガスコンロで炙《あぶ》る。網の上で反りかえったスルメを裂いて、クリスタルの皿に盛る。トマトとレタスとレモンを添えるのは、この店のお約束である。一味唐辛子をかけたマヨネーズに醬油《しょうゆ》をたらしたタレの小皿と一緒に、客のところへ持っていく。

店のメニューは、ほかに鶏の唐揚げ、豆腐の鉄板焼、山芋の鉄板焼、板わさ、カマボコのバター焼、チーズ、サラミ、オイルサーディン、焼そば、焼うどん、漬物などがあるが、食べものはどれも二千円、フルーツの盛合せが五千円である。

どれもバカ高いうえに、作るのがおれときては、こんなところで喰う奴の気がしれない。そもそもこの店で働くまでは、飯を炊いたことすらなかった。

おれが新米の頃は、木内《きうち》という男がチーフだった。

木内は、おれよりひとつ年上で、以前は族だったという。そのわりには温厚な性格で、料理の腕もまともだったが、重度のボン中なのが欠点だった。

ボン中というのはボンドやシンナーといった有機溶剤の中毒で、木内はほとんどの歯が溶けて、言語障害がではじめていた。

仕込みのときは、いつも赤いラッカーを吸っていて、

「かかか、金がないけ、こ、こんなんしか吸えん」

呂律《ろれつ》のまわらない口調で愚痴りながら、血しぶきが飛んだようなビニール袋を口に押しあてていた。木内は弛緩《しかん》した笑顔で、おれにもラッカーを勧めてくる。

匂いが苦手だから辞退したが、そもそも有機溶剤系は「麻痺《まひ》」のドラッグである。吸ってもナメクジみたいになるだけで、気持よくもなんともない。

あるとき、木内はどこからか「純トロ」を仕入れてきた。純度九十九・九パーセントで、スリーナインとも呼ばれる最高級のトルエンである。

木内はにやにやしながらトイレに入っていったが、いつまで経ってもでてこない。不安になってトイレを覗《のぞ》くと、便器に頭を突っこんでもがいていた。

「けけけ、刑事がきたけ隠れよったんや」

と木内は照れくさそうにいった。

そんな状態で仕事ができるのが不思議だったが、そのうち店の女とできていたのが発覚して解雇された。店の女に手をつけるのは、水商売ではタブーである。にもかかわらず、ほとんどの男は手をつける。むろん、おれも例外ではない。

木内が首になって、おれは自動的にチーフになった。

チーフとは本来、バーテンたちを束ねるチーフバーテンダーの意味だが、最近の水商売ではそんな大層なものではなくて、料理も作るボーイのような役割である。

料理の経験などこれっぽっちもないおれに、無理やりチーフをやらせたのはマネージャーの赤城《あかぎ》だった。

赤城は目鼻立ちのはっきりした濃い顔で、年は四十なかばである。

若い頃は四回戦ボーイだったというものの、真偽はさだかでない。ボクサーというよりは柔道家に近い体型で、小型の戦車のようだった。水商売のキャリアは長いが、それだけをやっていたわけではないらしく、地元のやくざにも顔が通じていた。

赤城は異様に短気で、一緒に呑《の》みにいくと、必ずといっていいほどトラブルが起きた。路上で誰かと眼があったというだけで、赤城はタバコをくわえて、すうッと相手に近づいていく。おおい、と赤城は聞こえよがしの大声をあげて、

「火ィ貸してくれんか」

相手がすなおに火を貸せばよし、ひとことでも文句をいおうものなら、瞬時にいきりたって、相手の胸ぐらをつかみあげている。

四十すぎの男がすることではないが、ほとんど殴りあいには至らない。赤城のどんよりと濁った眼と、肩からマグロをぶらさげたような腕を見た段階で、この男は正気でないと相手は悟って、どこかへ逃げていく。

赤城は、どういうわけかおれを気に入って、子分のようにあちこち連れまわした。とはいえ、こっちもすなおな性格ではないから、しばしば険悪になって、怒鳴りあうこともあった。けれども年が離れているせいか、不思議とおれには手をあげなかった。

赤城が店にいた頃は、毎晩のように伝票の書きかえをさせられた。

なぜ伝票を書きかえるかといえば、売上げを抜くためである。会社から支給される正規の伝票は通し番号がついているから、途中の伝票を抜くことはできない。したがって営業

中は、文房具屋で買ってきた伝票をカウンターの下に置いておく。

　女たちはどれが正規の伝票か知らないから、それに売上げの明細を記入する。女たちが帰った閉店後、伝票の中身を改竄《かいざん》して、正規の伝票に転記する。つまり売上げから、いくらか抜いて帳尻《ちょうじり》をあわせる作業である。

　抜く金額は売上げにもよるが、一日に三万か四万程度である。その金はそっくり赤城の懐に入り、おれの取りぶんは一円もない。その埋めあわせのつもりだったのか、店がはねたあとの呑み代は、すべて赤城が持った。

　おれも金は欲しかったが、取りぶんがないことに不満はなかった。それよりも眼を皿のようにして帳尻をあわせたり、一枚ずつ筆跡を変えて伝票を書いたりするのが面倒だった。

　むろん社長にばれたら、ただではすまないが、赤城は平然としていた。このくらいのことで神経質になっていたら、夜の世界で金は残せないという。

「昔、知りあいがミナミでマンモスキャバレーの支配人やっとったが、そいつは伝票は抜くわ、幽霊ホステスは作るわで、ひと財産作ったぞ」

「幽霊ホステスて、なんですか」

「実際はおらんのやけど、在籍しとるように見せるんや。あけみとか、ゆかりとか適当に名前つけて事務所にあげとったら、給料がでる。それがまるまる自分のもんや」

「ほかの子が気づいて、ばれるんやないですか。指名とかもつかんし」

「なにホステスが百人からおる店や。店長以外、全員の顔は知らん。ひと月も経ったら、もう辞めたいうて退店届けだして、また新規に幽霊を入れたらええんや」

赤城は一年ほど前、ちょっと大きなヤマを踏むといって、急に店を辞めた。おれが辞めたら、おまえも小遣い稼ぎができるの、と赤城は笑った。

いくらか迷ったものの、伝票の操作には手をださなかった。正義感からではなくて、単に面倒だった。その当時は、それほど金に困っていなかったせいもある。

赤城が店を辞めてから、なんのヤマを踏んだのかわからない。

ヤマといえば、赤城は以前、おれをある仕事に誘ったことがある。高速艇で日本海にでて、韓国だか北朝鮮だかの漁船を装った船から、シャブを受けとってくる。楽な作業のわりに報酬がいいと聞いて、赤城の紹介で、そのヤマを仕切っている男に逢《あ》った。

「おれらの船は、巡視艇にはぜったい追いつけんスピードがでるから、いきは心配ない。問題は帰りや。シャブを山ほど積んどるから、スピードがでらん」

真っ赤な顔に鷲鼻《わしばな》の、日本人離れした男だった。

「巡視艇に追いかけられたら、スピードがでるまでシャブを海に捨てるんや。時価何億円ちゅうシャブをぼんぼん捨てながら走るのは、たまらんでえ」

ただの見張りで報酬は二千万だという。男の話からすると、過去に何度も成功しているようだったが、懲役をかける度胸がなかったせいで、おれは乗らなかった。

赤城もそのときは話に乗らなかったが、気が変わった可能性もある。どんなヤマを踏んだにせよ、いまだに連絡がないから、不本意な結末に終わったのかもしれない。

赤城が辞めてから、「ギルビー」の従業員で、男はおれだけになった。

大してやる気もないくせに、マネージャーに昇格するのではないかと期待した。ところが社長の大山《おおやま》は人件費をケチって、おれを昇格させるどころか、後釜《あとがま》すら入れようとしなかった。そのせいで、おれはチーフの肩書と給料のまま、マネージャーの仕事までやらされるはめになった。

十一時をすぎた頃から店は混んできて、料理の注文も多くなった。

おれは冷凍庫でとろとろに冷やしたストリチナヤをあおりながら、次々に注文をこなしていく。料理をはじめた頃は、指先を包丁でスライスしたり、天ぷらやフライを爆発させたりしていたが、われながら上手になったものだ。

キッチンには、女たちが入れかわり立ちかわり休憩に入ってくる。女たちは化粧をなおしてタバコを吸って、おれと無駄口を叩《たた》いてから、カウンターにもどっていく。

明日香がキッチンに入ってくると、休憩用の丸椅子に腰をおろした。白いミニスカートから伸びた長い脚を窮屈そうに組んで、メンソールのタバコをくわえた。

明日香は、けだるい顔で煙を吐きだして、

「ね、あしたはうちにいるの」

「バカ、ここでそんな話をするな」

あわててあたりを見まわしたが、明日香は気にする様子もなく、

「またパチンコ？」

「かもしれん」

「あたし、もう事務所に売上げ持っていくの、やだからね」

「なんでや」

「だって、きょう事務所へいったら、なんでおまえが売上げ持ってくるんかって、社長が訊《き》くんやもん。チーフに頼まれたっていったら、おまえらデキとるんかって——」

おれは舌打ちをして、

「それで、なんていうたんや」

「いいえっていったら、怖い顔でにらまれたけど、あたしたちのこと知ってるのかな」

「知るわけなかろうが。いらんことというなよ」

「毎日パチンコっていって、女のとこでも通ってるんじゃない？」

「そんなひまがあるか」

ふん、と明日香は鼻を鳴らして、

「浮気したら、承知しないからね」

おれは返事をせずに洗いものをはじめた。

女というのは、どうして自分以外とつきあうのは浮気と思うのか。いまは明日香しかいないものの、先のことはわからない。

そもそも、ほかの女とやりたがっている男を我慢させたところで、気持の上では浮気しているのと変わりない。それでも我慢させたがるのは、ペットのしつけに近い。もっとも、明日香の前でそんな理屈をこねたら、狂犬に猫を与えるようなものだから黙っている。

明日香と深くなったのは、半年ほど前である。

店で泥酔した明日香をマンションまで送っていったとき、つい手をだした。最初はつまみ喰《ぐ》いのつもりだったものの、毎晩店で顔をあわせるだけに、また手がでる。宿無しだったおれは、住むところが欲しいという下心もあって、彼女の部屋に転がりこんだ。

「あたしは淡白よ」

と明日香がいうのを鵜《う》呑《の》みにしたのがまちがいで、これほど嫉妬《しっと》深いとは思わなかった。彼女は一緒に生活をはじめたとたん、女房気どりでおれを管理しようとする。嫉妬深いのではなくて嫉妬深くなったのだと明日香はいうが、どっちだっておなじだ。いずれ別れるときに、どんな修羅場になるかと思うと、いまから憂鬱《ゆううつ》になる。

明日香は地元の短大に通っていたが、スナックのバイトが親にばれて、家をでたという。それ以来、水商売で生計をたてて、うちの店に入ったのが一年前である。もっとも、父親は大手の企業で管理職をしているというから、実家にいたほうが楽な気がする。

いつだったか、明日香にそのことをいうと、

「いやよ。家なんか、ぜったいもどらない。あたしのことより、体裁ばっかり気にしてるんだから」

「それでも安定しとるやろ」

「安定って、なによ」

「家にいりゃあ、飯は喰えるだろう」

「それからどうするの」

「どうするって、まともな会社で働いとる奴と結婚して、子どもを作って――」

「なんで、そんなこというの」

「だって、ふつうはそういうのが幸せなんやろう」

「あんたは、そんなことしたいの」

「べつに。やろうと思っても無理やけど」

「あたし、愛人になりたい」

明日香は、いつも脈絡なく話が飛ぶ。おれは眼をしばたたいて、

「なら誰かに囲ってもらえよ」

「あんたが囲うのよ。だから、じゃんじゃん稼いで」

「なにを考えとるんや、おまえは」

あ、でも――と明日香はつぶやいて、

「愛人になるのはいいけど、ほかの女と寝たらいや」

「バカ。それじゃ愛人にならんやろうが」

午前一時の閉店前になって、「マルタマ会館」の細沼《ほそぬま》が顔をだした。細沼は中年のくせに、夜は遊び人ふうの派手な恰好《かっこう》で呑み歩く。その夜も、どぎつい柄のアロハを着ていたが、なぜか大きなボストンバッグをさげていた。

なにが入っているのか訊くと、細沼は苦笑して小指を立てた。

「コレのマンションに置いとった荷物や。大ゲンカして追いだされての」

「そりゃやばいね。きょうは、どこに泊まるの」

「ひさしぶりで女房のところへ帰る。帰ったら帰ったで、またケンカやけどな」

おれは細沼の前にビアグラスを置いて、小瓶のビールを注いだ。

細沼はビールを一気に呑み干して、トイレに立った。おれはキッチンを通って洗面所にいくと、そこで待っていた細沼に封筒を握らせた。封筒のなかには、パチンコの稼ぎの半分が入っている。

なに喰わぬ顔でカウンターにもどると、すこしして細沼がトイレからでてきた。おれはおしぼりを渡しながら、

「金子は、どうやった」

「でたり打ちこんだりで、四本しか抜かんかった」

金子も細沼に稼ぎの半分を渡しているが、その半分の四割はおれがもらう。四本とは四万だから、細沼に二万で残りが二万、その四割だと八千円にしかならない。

「銭にならんなあ」

「しゃあないわ。うちは基盤も裏やないし、でらんこともある」

細沼は店長だが釘師《くぎし》を兼ねていて、経営者から台の調整をまかされている。かなりの高給をもらっているはずだが、博打《ばくち》好きが祟《たた》って相当な借金があるらしい。そのせいで、打ち子を使った小遣い稼ぎに余念がない。

打ち子というのは、雇い主から事前に教わった釘調整の甘い台を打って、日当をもらう連中である。サクラに近い存在だが、ただのサクラが固定給なのに対して、打ち子の稼ぎは出玉で変わる。たくさんだせば稼ぎが増えるが、出玉がすくなければ稼ぎも減る。

ヒラの従業員は釘調整には関わらないから、打ち子の雇い主は、ほとんど店長クラスで、細沼のように金に詰まっている奴が多い。

打ち子の勝負は、朝イチである。開店と同時に、雇い主に指示された台を押さえなければならない。「マルタマ会館」の場合、あらかじめ細沼に押さえさせる手もあるが、店員や客の眼につく。したがって、それほど人気のない台が仕込みの対象になる。この点も客寄せが目当てのサクラとはちがう。

指示された台を押さえたら、打ち子の仕事は半分終わったようなもので、あとはひたすら打つだけだ。ただ一般の客に打たせないよう、閉店まで台を空けられない。途中でやめる場合は、きょうのおれと金子のように打ち子を交代する。

もっとも、パチンコの大当りは基盤が制御しているから、いくら釘を開けても液晶の回転数があがるだけで、出玉につながるとは限らない。千回を超えるハマリを喰ったら、稼ぐどころか負けになる。

裏基盤を使っている台なら確実に稼げるものの、「マルタマ会館」にそれはない。投資金額は二万円まで出玉から差しひけるが、それ以上負けたら自腹である。

「打ち子の取りぶんを、もうちょっと考えてもらえたら助かるんやけどな」

そう切りだすと、細沼は眼《む》を剝いて、

「バカいうな。おれは首を賭《か》けとるんぞ」

「でも打ち子の金をケチって、社長にチクられたら元も子もないよ」

「かんべんしてくれ。ただでさえ社長から、眼ェつけられとるんや」

細沼は用心深い男で、おれを含めて何人かいる打ち子のケータイの番号を宙《そら》で覚えている。電話帳にも登録せず、電話するたびに発信履歴まで削っているという。

「うちの社長はふつうやないからの。従業員のあいだじゃ、店のなかに盗聴器をしかけとるちゅう噂や」

「この際、社長も巻きこんだら？　打ち子を使って脱税すればいい」

「巻きこめるようなタマやない。ばれたら生け捕りにされてまうわ」

それでな、と細沼は急に弱気な顔になって、

「社長ににらまれとるけ、おとなしくしようと思うんや。しばらく打ち子は頼めんけど、我慢しとってくれや」

「やっぱり、チクろうかな」

「やめてくれ」

細沼は悲鳴をあげた。

「冗談だよ」

稼ぎがなくなるのは痛いが、警察沙汰《ざた》になれば打ち子は窃盗だから、おれまでヒモつきになる。細沼は動揺を抑えるようにタバコをくわえた。

おれはライターの火を差しだして、

「彼女といい社長といい、細沼さんも頭が痛いね」

「後厄やからな。そういや、おまえも後厄やろ」

「二十五っていうと、どうなんかな。まあ、いつだって厄年みたいなもんや」


伝票の計算に手間どって、マンションに帰ってきたのは二時すぎだった。

築二十年は経っていそうな古い建物で、店から近いのだけが取り柄である。三階建てだからエレベーターがないのは当然にしろ、オートロックがないのは不用心だ。

階段で二階にあがると、部屋の明かりが灯《とも》っている。明日香は水商売の女がよくするように照明をつけっぱなしで外出するから、帰っているとは限らない。

合鍵《あいかぎ》でドアを開けて、部屋に入った。やはり明日香はいなかった。

2DKの部屋は、芸能人のポスターだの、UFOキャッチャーで取ったぬいぐるみだの、使っていないダイエット器具だの、週刊の少年マンガ誌だの、小銭を貯めたペットボトルだの、タオル地の便器カバーだの、明日香の脳味噌《のうみそ》を象徴するように、くだらないものばかりある。なにもかも気に喰《く》わないが、インテリアに関心はないし、いつまでも住むわけではないから我慢している。

明日香はどこかで呑《の》んでいるらしく、三時をすぎても帰ってこない。

関係がばれるのを警戒して、おれと明日香はべつべつに帰る。明日香はそれをいいことに、しょっちゅう深酒をして帰る。相手は女友だちのこともあるし、客のこともある。

おれも夜の商売だから、ほかの男と呑むくらいで目くじらは立てないし、明日香の帰りが恋しいわけでもない。けれども眠っているときに、酔っぱらった明日香に叩《たた》き起こされるのは、アル中の亭主を持った女房のような心境で、たまらなく苦痛だ。

といって明日香が改心して、まっすぐ帰るようになっても困る。そうした不満は腹に溜《た》めこんでおいて、いざとなったら別れる理由にしたほうがいい。われながら姑息《こそく》な考えだが、おなじ女と長いあいだ暮らすのは性にあわない。

ふたりで寝るにはせまいベッドに寝転がって、タバコを吸っていると、族たちが吹かすバイクの音が聞こえてくる。能天気に走りまわっているガキがうらやましい。

まだ老けこむような年ではないというのに、このところ、なにをやってもおもしろくない。なにがあったらおもしろいのかもよくわからない。

ガキの頃は先のことなど、なにひとつ考えていなかった。むろん、いまでも考えているとはいえないが、くだらない毎日は古新聞のように積み重なっていく。どうやらおれにも将来というものがあるようで、それがいまいましい。

タバコを消して目蓋《まぶた》を閉じると、すぐに眠気が襲ってくる。部屋にいるときは犬や猫とおなじで、ひまさえあれば眠っているが、どれだけ寝ても疲れは抜けない。ずっと悪夢を見ているような、すっきりしない眠りだ。


翌日の午後、店の売上げを持って事務所へいった。

打ち子をするときは明日香に持っていかせていたが、細沼の口ぶりだと当分のあいだ打ち子の依頼はありそうもない。きょうは早起きしなくてすむと思っていたら、明日香が帰ってきたのは、朝の六時すぎだった。

珍しく熟睡していたのに叩き起こされて、うちの店の志穂とカラオケにいって、なにを食べて、なにを歌ったとか、とてつもなくどうでもいい話を聞かされて、脳味噌の血管が切れそうになった。

ひとしきり口ゲンカをしたが、呂律《ろれつ》のまわらない女を相手にしても埒《らち》があかない。やっとの思いで寝かせつけたら、眼が冴《さ》えて眠れなくなった。てめえが起こしやがったくせに、おれがでかけるときには高イビキである。

「あのバカ女が」

寝不足の眼に陽射しがまぶしくて、いらいらする。

商売柄、服は黒の上下にワイシャツだから、夏は暑くて仕方がない。昼間は薄着をして、夜は店で着替えてもいいが、面倒なことは性にあわない。

　事務所は駅の裏手にある四階建てのビルで、窓には大山興業と金文字が貼られている。入口には監視カメラがぶらさがって、ドアは分厚いスチール製だ。

　事務所に入ると、社長の大山がバカでかい黒檀《こくたん》のデスクに脚を投げだして、新聞を読んでいた。大山は在日朝鮮人の二世で、本名を金栄哲《キムヨンチョル》という。

　年は三十代の後半で、本業は街金だが、おれが働いている「ギルビー」のほかに「ゴードン」というクラブを経営している。裏ではアミューズメントバーとファッションヘルスを持っていて、雇われ社長の新井《あらい》にやらせている。

「おいッす」

　おれは頭をさげたが、大山は新聞から顔をあげようともしない。なにがそんなに気に喰わないのか、アメリカンピットブルかロットワイラーのように、いつも噛《か》みつきそうな顔をしているが、顔とおなじで性格も獰猛《どうもう》だから、近寄らないに越したことはない。

　事務長の小林《こばやし》が白髪頭を振りながら、ソロバンを弾《はじ》いている。小林は銀行員あがりの老人で、うちの会社では唯一堅気らしい顔をしている。

　小林に売上げの入った封筒を渡して、掛売り台帳に昨日のツケや入金を記入していると、おい、と甲高い声がした。

「ちったあ、客がきとるんか」

　大山がキツネのように吊《つ》りあがった眼で、こちらをにらんでいる。

「まあまあです」

「なにが、まあまあじゃ。こんだけ銭にならんやったら、もう閉めるぞ」

「すみません」

「だいたい、おまえんとこはツケの入金がすくないんや」

「すみません」

「ツケを払わん奴は盗人《ぬすっと》や。ばんばん追いこみかけんかい」

大山の蟹《かに》の甲羅のような額には、常に青筋が立っている。怒るとそれがミミズのようにひくひくと動く。

「台帳を貸せッ」

掛売り台帳を渡すと、大山は紙が破れそうな勢いでページをめくって、

「見てみい。この堂丸《どうまる》ちゅう客は、はなから入金しとらんやないか。どうなっとるんじゃ、このガキサレはッ」

堂丸は四十がらみの男で、不動産屋の社長という触れこみである。

ふた月ほど前に一見《イチゲン》で店にきてから、週に二日は顔をだす。遊びかたは派手だが、現金で払ったのは最初だけで、あとはツケが続いている。

「たしかに金払いは悪いですけど、まだ焦げついたわけじゃ――」

「アホぬかせ。こんな名前も聞いたことない不動産屋なんか、あてになるもんか。三十万も溜めくさって。飛んだら、おまえがケツ持つんか」

おれは黙ってうつむいた。

「若いけちゅうて、ナメられとったらいかんぞ。きっちり回収せい」

大山のいうことはもっともで、ふつうならとっくに催促している。

けれども、堂丸には堅気とちがう雰囲気がある。喋《しゃべ》りかたや身のこなしもそうだし、鼻と耳が潰《つぶ》れていて、夏なのに長袖《ながそで》のシャツしか着ない。

堂丸が店へ通ってくるのは、どうやら明日香が目当てらしい。いまのところ口説いている様子はないが、もし堂丸がその筋の人間なら、意地でもモノにしようとするだろう。

話がこじれないうちに手を打ったほうがいいと思いながらも、なぜか堂丸は苦手で、支払いの請求をためらっていた。むろん、そんないいわけは大山に通用しない。

「ごちゃごちゃぬかしたら、ここへさらえてこい」

「わかりました」

ツケの入金を渋る客は事務所に連れこんで、借用書を書かせる。店への借用書ではなく、大山の金融の貸借契約書である。

支払いを待ってやるという甘言に乗って、書類にサインしたとたん、ただのツケが高利の借金に化ける。呑気《のんき》に延滞していたら、金利が金利を生んで、とんでもない金額に膨れあがる。あとはおれの比ではない、債権回収《キリトリ》のプロたちの追いこみが待っている。大山はそれを狙っているのだ。

事務所で電話すると大山がうるさいから、堂丸の連絡先をメモして事務所をでた。

以前、ツケが焦げついた客に電話していたら、

「なにをヌルいことというとるんじゃ」

大山が横から受話器をもぎとって、客を生け捕るはめになった。その客はある組織の企業舎弟だったが、大山は意に介さず、会社の倉庫に監禁して、

「クラブのツケを払わんやったら、どうなるかわかるか」

男が黙っていると、大山は一番アイアンを振りかざして、

「クラブで殴られるんやッ」

男の頭をぶん殴ったあげく重傷を負わせて、警察沙汰《ざた》になった。

事務所の前でメモを見ながら、堂丸のケータイに電話した。

電源を切っているようで、つながらない。仕方なく堂丸の会社にかけてみた。

その時点で厭《いや》な予感はしていたが、呼びだし音が鳴るだけで誰もでない。平日なのに社員がいないとなると、やはりまともな会社ではなさそうだった。留番電に切りかわったから、おれは用件を告げたが、返事は期待できない。

もし堂丸が飛んだらと考えただけで憂鬱《ゆううつ》になる。大山はそれみたことかと怒り狂うだろうし、ケツを持たされる可能性もある。

憂さ晴らしに駅前まで歩いて、「マルタマ会館」を覗《のぞ》いた。

打ち子ができないのでは稼げる保証はないが、まだ仕込みをする気にもなれない。

時間潰しにすこし打つ気になった。

最近のパチンコ屋にしては薄暗い店内では、きょうも常連たちが、けだるい表情で玉を弾いている。飯塚がドル箱を八杯積んでいるのを見て、肩を叩《たた》いた。

「調子よさそうやないの」

飯塚は顔をしかめて、

「朝から五万入れてこれよ。ひとつも銭にならんわ」

「玉売ってや」

おれは飯塚のシャツのポケットに千円札を六枚ねじこんだ。飯塚は無言で、積みあげたドル箱をひとつおろして、おれのほうに蹴《け》った。

この店のドル箱は、すりきり一杯で玉が約二千個である。玉貸機で玉を買うと百円で二十五個だから、仮に二千個買ったら八千円もかかる。

一見、飯塚が損をしているように思えるが、この店は二円五十銭の換金率だから、二千個で五千円。ドル箱を一杯売るたびに通常の換金をするより千円もうかっている。つまり売ったほうも買ったほうも得をする。

したがって玉貸機で玉を買うのは朝イチだけで、あとは出玉のある者から買うのが常識だ。むろん店側はそうした行為を禁じているが、ここの常連は聞く耳など持たない。店もややこしい連中と揉《も》めるのが厭で、見て見ぬふりをしている。そもそも店長の細沼が打ち子を雇うくらいだから、どうしたって店は荒れる。

　空き台の釘《くぎ》を見ていくと、そこそこいけそうな台が二台あった。釘が開いていても回転数が期待できるだけで、でるとは限らないが、ほかに判断材料はない。

　台の上にあるデータカウンターには、きょうの大当り回数と、最後の大当りから現在までの回転数が表示されている。一台は三回大当りしてから、三百回ほどまわしている。もう一台は千二百を超える大ハマリだ。迷いつつ、ハマっている台のほうに坐《すわ》った。

　百回ほどまわして単発の大当りをひいたまではよかったが、あとが続かない。さらに百回まわして、もう一度大当りがきた。ところがこれも単発のまま出玉を呑《の》まれたところで、店を開ける時間になった。

　見限ったほうの台は、婆さんが千円で大当りしてドル箱を十杯も積んでいる。仲間内で玉を買ったり釘を見たり、こざかしいことをしたあげく、負けていれば世話はない。

　あきらめて台を離れると、飯塚が寄ってきた。きょうの日当くらいは勝ったようで、頬がゆるんでいる。飯塚は脂ぎった額を紙おしぼりでぬぐいながら、

「でたんか」

　おれは無言でかぶりを振った。

「でるときはでるけど、でらんときはでらんの」

　バカのひとつおぼえに返事をするのも面倒だったが、ふと細沼の姿がないのに気づいた。

「店長は休みやろか」

「そういえば顔を見らんけど、朝から店の連中がばたばたしとったぞ」

「なんかあったんかな」

「かもしれん。ここの社長もうろついとったからの」

めったに顔を見せない社長が店にきたと聞いて、厭な予感がした。長いことチンピラまがいの生活をしていると、トラブルには鼻がきくようになる。

あのとき——佐倉《さくら》と別れたときも、こんな予感があった。


おれは十八歳の頃、下っぱの公務員だったおやじと実家に住んでいた。

おふくろが高一のときに癌で逝ってから、親ひとり子ひとりの暮らしになったが、おやじとは気があわなくて、顔を見ればケンカの毎日だった。

もともとが犬猿の仲だったのに、おれが最低の成績で高校を卒業してから、親子の関係はますます険悪になった。おれが就職もせずに、ぶらぶらしているのを見て、

「このバカ息子が。働かんのやったら、とっととでていけッ」

おやじは毎日のように怒鳴る。

ある日、売り言葉に買い言葉で、おやじと殴りあいの大ゲンカになった。

おれは、おやじのタンス預金から金を盗むと、その足で東京行きの新幹線に乗った。

東京には、高校の同級生の草場《くさば》という男が住んでいるが、あてにしているのはそれだけで、なんの目的もなかった。東京へいけば、なにかあるだろうという田舎者の発想だ。

東京に着くと、高円寺にある草場のアパートで居候をはじめたが、盛りあがったのは最

初だけだった。あちこち呑みまわっているうちに、たちまち持ち金が底をついて、身動きがとれなくなった。けれども働く意欲は、まったくなかった。

草場は近所のビデオ屋でバイトをしていたから、おれは部屋でごろごろしながら、女房のように草場の帰りを待っていた。もっとも、ほんものの女房とちがって、掃除や洗濯といった家事はいっさいしない。ただ草場の稼ぎをあてにしていただけだ。

草場は気のいい奴で、しばらくは辛抱していた。

ところがある日、とうとう痺《しび》れを切らしたようで、

「すまんけど、働いてくれんか」

草場は思いつめた表情でいった。

それでようやく重い腰をあげたものの、高卒で十八歳のガキに就職などない。会社勤めをしようにも、面接に着ていく服もなければ、給料日まで生活する金もないから、働けるのは日銭が入る職種に限られる。

チラシ配りだの引っ越し屋だの雀荘《ジャンそう》のメンバーだの、いろいろやったあげく、日雇いの現場作業員に落ちついた。

朝の五時から荻窪《おぎくぼ》の事務所にいって、手配師から地図のコピーをもらって現場にむかう。現場は何日かおなじ場所のこともあるが、たいていは日替わりである。遠いときは千葉までいくのに交通費は自腹だから、近い現場にあたったほうが得だ。

仕事の内容も現場によって変わる。素人だけにガラ出しという廃材の撤去や、保護材を

取り除くヨウジョウ剝《は》がしといった単純作業が多いが、職人の手伝いやビル清掃もある。仕事の内容が変わっても、日当はおなじで八千円である。金はその日にもらうこともできるし、事務所に預けておいて、まとめてもらうこともできる。

おれは日当がいくらか貯まると、パチンコ屋にいった。高校時代にさんざん打っていたおかげで、慎重にやれば、そこそこには喰《く》える。勝てば何日でもパチンコ屋に入り浸り、負ければ日雇いへいくという生活である。

その頃、おれが通っていたのは中野のパチンコ屋だった。釘は渋かったが、従業員がルーズで、台の掛け持ちや客どうしの玉の貸し借りにうるさくないのがよかった。

その店の常連に、おれとおなじくらいの年恰好《としかっこう》の男がいた。

映画俳優のように端正な顔だちで、体格はたくましい。けれども頭のできはよくないらしく、朝から台を吟味しているくせに、ほとんど負ける。毎日顔をあわせるから、会釈くらいはするが、バカとは口を利きたくなくて、それ以上のつきあいはなかった。

実家を飛びだしてから半年ほど経った、十月のことだった。

その日、男はいつもより遅い時間に、パチンコ屋に顔をだした。

男は珍しく調子がいいようで、三十分と経たないうちに何杯かドル箱を積んだ。

なんとなく違和感をおぼえて、男が打っている台に眼を凝らすと、大当りしていないのにアタッカーと呼ばれる賞球口が開いている。ピアノ線を台に差しこんで、アタッカーやチューリップを開かせるセル使いという古典的なゴトだ。

男は、きょろきょろとあたりを窺《うかが》いながら、慣れない手つきでやっている。あきらかに不自然な態度で、不正がばれるのは時間の問題だった。はらはらしながら見守っていると、案の定、従業員たちが三、四人走ってきた。

「この泥棒がッ」

「警察に突きだしてやる」

従業員たちは口々に怒鳴って、男を取り囲んだ。

男は逃げようともがいたが、図体の大きな店員に襟首をつかみあげられて、顎《あご》に一発喰らった。男は大きくよろめいたままの恰好で、転がるように走りだした。

「そいつを捕まえてくれ」

思わず腰を浮かせたとき、こっちへ走ってくる男と眼があった。

そのとき、どうしてそんな行動にでたのか、自分でもわからない。

おれの前を男が走りすぎた瞬間、台のうしろに積みあげてあったドル箱を一気にひっくり返した。何千発かの玉がざらざらと音をたてて、床に転がった。男を追ってきた従業員たちがそれに足をとられて、転んだり尻餅《しりもち》をついたりした。

そのすきをみて、おれは店の外へ駆けだすと、男のあとを追った。

繁華街の通りを必死で駆けずりまわって、ようやく男に追いついた。男は追っ手の気配がないのを確かめると、肩で息をしながら笑った。

「笑ってる場合やないやろ」

おれは地面にへたりこんで、男をにらんだ。男は笑みを消して、

「おかげで助かったよ。でも、なんで助けたんだ」

「わからん。気がついたら、おまえと走ってた」

今度はおれが笑った。その男が佐倉だった。


その日を境に、佐倉とは急速に親しくなった。

佐倉は、思ったとおり同い年で、出身は千葉だった。はじめて呑みにいったとき、

「おれ、在日なんだ」

佐倉はそういって、こちらの反応を窺うように口をつぐんだ。

「だから、なんなんや」

「国籍は南で、おれは四世だ」

「だから、なんなんや、ちゅうとるんや」

「もういい」

佐倉はかぶりを振った。

その夜は、ふたりとも酔っぱらって、おたがいに自分の生い立ちを語った。

佐倉は地元の高校を卒業したあと東京にでて、町工場に住み込みで就職したという。仕事はきつかったが、親元を離れて自活できたのはうれしかった。

佐倉は社長にかわいがられて、彼の自宅にも出入りした。それがきっかけで、社長の娘

とつきあうようになった。

娘との交際が周囲にばれたとき、首になるかと思ったが、社長は怒らなかった。それどころか、娘との交際を歓迎しているようだった。

「たぶん後継ぎがいなかったせいだろう。養子の話まででたから」

ところが佐倉が在日であることを打ち明けたとたん、社長の顔色が変わった。社長はすぐさま娘を隔離すると、佐倉にわずかな金を握らせて、寮から追いだした。彼女はもちろん、仕事も住むところも、いっぺんに失った。

佐倉はすべてにやる気を失って、新宿でぶらぶらしていた。やがてパチンコ屋を専門に荒らす韓国人のグループに拾われて、仕事に加わるようになった。

深夜、パチンコ屋に忍びこんで、パチンコやパチスロ機のロムを裏ロムにつけ替える。裏ロムを仕込んだ台は、特定の打ち方をすれば、大当りを自在にだすことができる。したがって、夜中に裏ロムを仕込んでから、翌日はその台を打って稼ぐのがふつうだが、佐倉たちのグループは荒っぽくて、営業時間中にロムを替えてしまう。

客の眼もあるのに、どうやってロムを替えるかというと、目あての台を仲間たちが取り囲み、まわりから作業を見えなくする。仲間がそろって上着を広げる姿から「コウモリ」と呼ばれる手口だ。次に合鍵《あいかぎ》で台を開けて、すばやく裏ロムをセットする。

佐倉たちのグループは都内を転々としながら荒稼ぎしていたが、あるときリーダー格の男が下手を打って検挙された。その影響でグループはばらばらになり、佐倉はまたしても仕事を失った。

そこで佐倉はヒラ打ち、つまりイカサマなしでパチンコを打って、生計を立てようとした。だが釘《くぎ》も読めない素人が勝てるほど、パチンコは甘くない。ゴトで稼いだ金を、あっというまに吐きだした。佐倉は喰うに困ってセル使いに手をだして、捕まりかけたところを、おれに助けられたというわけだった。

佐倉は、おれとおなじで、ひとりっ子だった。世間からドロップアウトした者どうし、傷を舐《な》めあう相手が欲しかったのか、おれたちは毎日のように顔をあわせた。ふたりして日雇いに通っては、パチンコを打ったり酒を呑《の》んだり、気ままな日々が続いた。

佐倉は阿佐ヶ谷《あさがや》のアパートに住んでいたが、おれが居候をしていると知って、一緒に住まないかといった。いくらか迷ったものの、おれは誘いを断った。佐倉は、はじめてできた親友のような気がしていただけに、負担をかけたくなかった。

佐倉は誰に対しても、自分が在日であることを隠さなかった。

むしろことあるごとに、自分が在日だと口にした。その背景には、以前の勤務先の社長のように、あとで掌《てのひら》をかえされないよう、先に相手の反応を確かめたいという意図があったのかもしれない。

おれは、佐倉が在日だろうがなんだろうが気にしなかった。

といって倫理観から、そう思ったわけではない。誰かを差別しようにも、自分が世の中の最底辺を這《は》いずりまわっている。たかが国籍のことで、ひとを蔑《さげす》んでいるゆとりはなかった。ただ、そういう意識がないだけに、ふつうは触れないようなことも平気で口にした。

ある夜、どういうわけか、日本の戦後補償がどうのこうのという話になった。

「おまえんとこの国は、あやまれあやまれって、しつこいのう。戦争から何十年経っとると思うとるんや」

おれがケンカを吹っかけると、佐倉は眼をしばたたいて、

「何十年経ったって、犯罪は犯罪だろう」

「おまえの国に時効はないんか」

「おれは日本で生まれ育ったから、おまえの国っていわれてもピンとこねえが、ただの犯罪とちがって他国への侵略だからな。それだけ根が深いんだろう」

「歴史はよう知らんけど、侵略なんて、どこの国でもやっとるやないか。そんなことで文句をいうなら、スペインはインカ帝国にあやまらないけんし、アメリカはネイティヴなんとかにあやまらんといけんし、イギリスも中国にあやまらんといけんやないか。それとも単に時間の問題か。ずっと昔のことやったらええんか」

「それはよくわからん。でも日本がやったことはあまりに悪質やと、ハラボジ――おれの爺《じい》さんはいってたぞ」

「悪質ってなんや。なら良質な戦争があるんかい」

「そんなものはねえだろうが、強制連行とか従軍慰安婦とか在日に対する差別とか、ひき

ずっている問題が多いんじゃねえか」

「差別っていうなら、韓国人だって日本人のことをチョッパリとかいうてるやないか」

「それは日本人がチョンというのとおなじで、おあいこだ。もっともおれたち在日は韓国にいけば半《パン》チョッパリといわれて、そっちでも差別される」

「困ったもんやな」

「ああ、困ったもんだ」

佐倉は溜息《ためいき》をついて、

「もう、こんな話はやめよう。どこまでいっても平行線だ」

「いくら話してもわかりあえん、ちゅうことか」

「そういうことじゃねえよ。わかりあわなくても、いいじゃねえか。日本人のおまえと在日のおれが、こうやって酒を呑んでる、それだけで充分だろう」

「なら、平行線でいいか」

「だいたい、わかりあったって思うほうが危険だぞ。上っ面で理解したような顔をするよりは、おたがいのわからん部分を大切にしたほうがいい。それなのに、おたがいの考えを押しつけようとするから、戦争になるんじゃねえか」

「なるほどな。でも理解しあわん限り、差別ちゅうのはなくならんのやないか」

「個人はべつにしても、国どうしじゃ無理だろ。韓国人、日本人っていった時点で、もう差別ははじまってる」

「それは差別やなくて、区別やろう」

「でもナニナニ人って十把ひとからげに区別するから、おたがい差別ができるんだろ」

「たしかに差別ってのは、十把ひとからげやな。どんな国でも宗教でも組織でも、ええ奴もおれば、悪い奴もおるやろうにな」

「そりゃそうだが、面倒くせえんだろうな」

「なにが面倒くせえんや」

「いちいち考えるのがよ。こいつらはナニナニ人だ。だから悪いって、決めつけたほうが楽じゃねえか」

「世の中は、大ざっぱな人間が多いのう」

「大ざっぱな奴がいうんじゃねえよ」

佐倉は笑い、おれも一緒に笑った。

しかし平穏な日々は、長続きしなかった。


クリスマスイブが間近に迫った夜、おれと佐倉は歌舞伎町で呑んでいた。

日雇いの金がまとまって入ったせいで、懐は暖かかった。

居酒屋やバーを梯子《はしご》して、コマ劇場の前を歩いていると、中年のポン引きがまとわりついてきた。適当にあしらったが、ポン引きは執拗《しつよう》に離れない。

「てめえ、うぜえんだよ」

佐倉が声を荒らげると、ポン引きは突然すごんできた。

路上で口論になり、かなり酔っていたおれは、ポン引きを殴った。

頬に軽く拳《こぶし》をあてたつもりだったが、ポン引きは足をすべらせて、ゲームセンターの看板に頭を打ちつけた。ポン引きは打ちどころが悪かったのか、道路に伸びて動かなくなった。後頭部から血が流れている。

「逃げるぞ」

あわててその場を離れようとしたとき、地回りらしい小柄なチンピラが路地から飛びだしてきた。チンピラは佐倉が着ていたジャンパーの襟首をつかんで、

「兄ちゃんたち、ちょっと面《ツラ》貸せや」

どすの利いた声でいった。

次の瞬間、佐倉が躯《からだ》をひねって、チンピラに頭突きをかました。すかさずおれも蹴《け》りをいれたが、チンピラは佐倉から手を離さない。

まもなく通りのむこうから、男たちが四、五人走ってきた。佐倉はジャンパーのファスナーをおろすと、チンピラに襟をつかませたまま、ジャンパーを脱いで駆けだした。

佐倉は息を切らして走りながら、

「おれたち、はじめて逢《あ》ったときも、こうだったな」

「ああ、逃げないけんことばっかりや」

ふたりはもつれあうようにして、新宿駅の西口にたどり着いた。

どうにか追っ手はまいたが、このまま新宿にいるのは危険だった。急いで切符を買おうとしたとき、あッ、と佐倉が叫んだ。

「しまった。給料袋を上着に入れたままだ」

「まあ、しゃあないやないか。金なら、おれが持っとる」

「金なんかじゃない。給料袋には、社名とおれの名前が入ってる」

日雇いとはいえ、会社に問いあわせれば、すぐに佐倉の住所はばれる。ということは、おれの居候先も、おなじように突きとめられる。

「この時間は、もう会社が閉まっとるから大丈夫やけど、あしたには追いこみかかるぞ。夜のうちに荷物をまとめて逃げろ」

おれは給料袋から、一万円札を何枚かだして、佐倉に渡した。

すまん、と佐倉は頭をさげて、

「でも、夜のうちに逃げるのは無理だ。いろいろ荷物もあるし——」

「荷物なんていうとる場合か。下手したら殺されるぞ」

「わかった。なにかうまい手を考える。それより、おまえは大丈夫か」

「おれは居候やから、なんとかなる」

苦笑まじりにそういったとき、厭《いや》な予感がした。もう佐倉には逢えないのではないか。

そんな胸騒ぎがしたが、どうすればいいのかわからなかった。

佐倉と電車のなかで別れて、草場のアパートに帰った。

おれに追いこみがかかったら、草場も巻き添えを喰《く》うかもしれない。草場にわけを話して、給料袋を差しだした。

「おまえも二、三日は身を隠したほうがいい。この金でホテルにでも泊まってくれ」

「親戚《しんせき》に刑事がいるから、心配いらん」

草場は給料袋をおれに押しもどして、でも、といった。

「きょう限りで、でていってくれ」

その夜、おれは私物をバッグひとつにまとめて、草場のアパートをでた。

翌日からカプセルホテルに泊まって、佐倉の電話を待った。おれからも佐倉のケータイに電話したが、ずっと圏外でつながらない。

恐らく逃げ損ねたのだと思ったら、胸が痛んだ。佐倉を助けようにも居場所はわからないし、歌舞伎町へいったりすれば、おれまで拉致《らち》られる。

カプセルホテルやネットカフェに何日か泊まっているうちに、持ち金がほとんどなくなった。けれども働く意欲はおろか、パチンコを打つ気力もなかった。

こうなったら、実家へ忍びこんで、またタンス預金を盗むしかない。おれは夜行の快速や普通電車を乗り継ぎながら、二日がかりで北九州に帰ってきた。

夜、「ギルビー」が営業をはじめる頃になっても、胸騒ぎはおさまらなかった。

細沼は、なぜ店を休んだのか。「マルタマ会館」の社長に不正がばれたのかという不安もあったが、胸騒ぎの原因はそれだけではなかった。具体的にはわからないものの、もっと面倒なことが起こりそうな気がしてならない。

おれは客の相手が面倒で、ずっとキッチンにこもっていた。それでも料理の注文くらいは、こなさねばならない。

十一時をまわった頃、だらだらと焼そばを炒《いた》めていたら、明日香が暗い表情でキッチンに入ってきた。

「いま堂丸さんがきたの。チーフに話があるって」

おれはフライパンをあおりながら、

「どうせツケの相談やろ。これ作ってからいくわ」

「それ、あたしがやるから、早くいって」

「なにをそんなにあわてとるんや」

「いいから、いってきて。なんか怒ってるみたいだから」

おれは舌打ちをして、キッチンをでた。

堂丸は、むっつりした表情で、カウンターに頬杖《ほおづえ》をついていた。太い首に象アザラシのような皺《しわ》がある。

「いらっしゃいませ」

愛想よくいったが、堂丸は無言で立ちあがると、店の外へ顎《あご》をしゃくった。

おれは、しぶしぶ店をでて、堂丸のあとをついていった。

堂丸は白いスエットスーツの上下を着て、タオルを首に巻いている。恰好《かっこう》からして呑《の》みにきたわけではなさそうだったが、ツケの相談なら店ですればいい。

つまり、まともな用件ではない。厭な予感は、これが原因だったのか。そう思ったら、下腹が冷たくなってきた。

堂丸は、ビルの裏手の細い路地で、ようやく足を止めた。ビルの横には、ごみ捨て場があって、空の酒瓶が酸っぱい臭いを放っている。

あたりは薄暗くて、ひと通りがない。おれは用心深く、堂丸から距離をおいて、

「なんでしょう」

堂丸は、なぜかうつむいて、眼をあわそうとしない。ごみ捨て場に転がっていたヘネシーの空き瓶を爪先で蹴りながら、

「きょう、わしの会社に留守電入れとったの」

「はい」

「おまえ、わしがツケをとぼけるとでも思うたんか」

「とんでもない」

「なら、なんで会社に留守電入れたんか」

「ケータイがつながらなかったもんで」

「なんべんでも、ケータイにかけりゃよかろうが。会社の留守電は、うちの社員も聞くんや。それくらい見当がつくやろうが」

おずおずと相槌《あいづち》を打つと、堂丸は続けて、

「わしが出先から帰ったら、社員にいわれたで。呑み屋からツケを払えって留守電が入ってましたってな。おかげで、わしは大恥かいたわ」

「すみません」

おれは頭をさげた。とたんに堂丸は顔をあげて、

「すみませんじゃ、すまんのじゃ。こらッ」

堂丸は一気に間合を詰めて、おれの鼻すれすれに顔を近づけてきた。

腫《は》れぼったい一重の眼が血走っている。堂丸の背は、おれとたいして変わらないが、横は倍ほどもある。殴りあいになったら、まず勝ち目はないだろう。

いまにも拳《こぶし》が飛んできそうな気配に身構えながら、もう一度、頭をさげた。

「まあ、ええわ」

と堂丸は、あっさり眼の色をなごませた。

「大人げないこととしても、しゃあないわ。のう、兄ちゃん」

おれは返事をしなかった。殴られなかったのに安堵《あんど》したせいか、じわじわと腹が立ってきた。いくら堂丸が苦手といっても、会社に電話したくらいで因縁をつけられては、たまったものではない。これでツケの支払いを引き延ばされたら、また大山に怒鳴られる。

なんというべきか考えていると、堂丸の眼が険しくなった。

「おい、返事せんかいッ」

いきなり平手がきた。すっかり油断していただけに、おれは大きくよろめいた。口を開きかけたとたん、二発目が飛んできた。

「返事せいっちゅうとるんや」

キーンと耳鳴りがして、頬がじんじん痺《しび》れている。

この場面は、おれの負けだと思った。すなおにひきさがるべきだと思ったが、頭に血がのぼって、つい堂丸の胸ぐらをつかんでいた。

胸ぐらをつかむのは、たいていはケンカを知らない奴がすることだ。相手に格闘技の心得があれば、腕を逆手にひねられて、そのままねじ伏せられるか、顔に一発かまされる。

だが、こっちから手をだした以上、突っぱるしかない。

「たいがいにせいよ、おっさん」

おれは、むだだと思いつつ、啖呵《たんか》を切った。

「おもろいの、兄ちゃん」

堂丸は、おれに胸元をあずけたまま地面にかがみこむと、ヘネシーの空き瓶に手を伸ばした。堂丸が瓶をつかむ前に、頭突きでも蹴《け》りでもかますべきだと思ったが、軀《からだ》がこわばって動けない。

堂丸は瓶を手にして、おれを見あげた。

瓶の底を地面で割って、切っ先を突きつけてくるのは眼に見えている。堂丸が瓶を地面に叩《たた》きつけた瞬間に殴ろうと思った。

しかし予想に反して、堂丸はヘネシーの瓶を割らなかった。割らずにそのまま口にきた。ぶ厚い瓶の底で、いきなり唇を突きあげられて、鼻の奥へ抜けるような激痛が走った。涙で視界がかすんで、口のなかには塩辛い液体があふれた。

気を失いそうな痛みに、おれは反撃する意欲をなくして、地面にしゃがみこんだ。血と唾《つば》を吐き散らしていると、裂けた唇から、硬いものがぽろぽろとこぼれて、アスファルトの上に転がった。

なにかと思ったら、それは歯だった。

歯を折られたと思ったら、怒りで闘志が湧いた。手の甲で口をぬぐって立ちあがったとき、みぞおちに強烈な拳《こぶし》がめりこんだ。

胃袋が破裂したような痛みに、軀を折ってうめいていると、こめかみに蹴りが入った。とたんに眼の前が真っ暗になって、白いものがチカチカと明滅した。おれはエビのように軀をまるめて、両手で頭をかばったが、次の一撃はこなかった。

ふと堂丸がタバコに火をつけた気配がした。

恐る恐る顔をあげると、堂丸は煙を吐きだしながら、

「どや、兄ちゃん。ちっとはこたえたんか」

おれは視線を落として、うなずいた。もう恥も外聞もなかった。

「堅気を相手にきついことしとうないけど、わしらは舐《な》められたら、しまいやけの」

堂丸に腕をとられて立ちあがると、血のまじった唾液《だえき》が口から糸をひいた。堂丸は首に巻いたタオルをこちらへ投げて、口を拭《ふ》けといった。すなおにタオルを唇にあてたとたん、痛みで飛びあがった。唇が熱を持って腫れあがっている。

堂丸は、おれからタオルをひったくると、ごみ捨て場に放り投げて、

「ちょっと、つきあえや」

「どこへ、ですか」

痛みのせいで、うまく喋《しゃべ》れない。

「若いもんを殴りっぱなしじゃ恰好がつかんけの。ママには、わしがいうとったる」

堂丸は、おれの返事も待たずに歩きだした。逆らうのが怖くて、あとをついていくと、堂丸は大通りにでて、客待ちのタクシーに乗りこんだ。

タクシーは乗ったと思うまもなく、眼と鼻の先にある鮨屋《すしや》の前で停まった。

堂丸は運転席に一万円札を放ると、運転手が釣りを差しだすのを無視して、車をおりた。くだらない見栄を張るほど金があるのなら、ツケを払えといいたくなるのを我慢した。

堂丸は鮨屋の暖簾《のれん》をはねて、店へ入っていく。深夜まで営業しているが、法外な値段をとるという噂のある店だ。

おれは堂丸と白木のカウンターにならんだ。店内を見まわすと、安い鮨屋とちがって、ネタケースも品書きもない。

初老の板前は、おれの顔を見て、訝《いぶか》しげな表情になった。堂丸は苦笑して、

「こいつはケンカ太郎でのう。誰とでもやらかすんで困るわい」

板前は、それで納得したらしく笑顔をみせた。

堂丸は刺身や握りを食べきれないほど注文してから、

「呑め」

と冷酒の徳利を差しだした。

喉《のど》が渇ききっていたから、堂丸に注いでもらった酒を一気にあおった。

「ええ呑みっぷりやの」

堂丸は相好を崩して、次々に徳利を差しだした。空きっ腹に冷酒がまわって頭がくらくらしたが、鮨を喰《く》おうにも前歯がないから、ろくに嚙《か》めない。無理に嚙もうとしたら、わさびと醬油《しょうゆ》が歯茎に沁《し》みて、飛びあがるほど痛い。

「悪う思うなや。わしも兄ちゃんが憎いで、手ェあげたわけやないけの」

痛めつけたあとでフォローを入れる。極道の常套手段《じょうとうしゅだん》にうんざりした。もっとも、おれも、階段から蹴り落としたキティちゃんに金をやるくらいだから、大差はない。

堂丸は上機嫌で、板前と軽口を叩いている。

酔ったせいか、じわじわと屈辱感が湧いてきた。このまま負け犬になるのも悔しかったが、堂丸は、これを機会に無茶な要求をしてくるだろう。こんな男にいったん弱みを見せたら、死ぬまでたかられるはめになる。

それを避けるには、報復しかない。いまからトイレにいくふりをして、調理場で包丁を盗んで、堂丸を刺す。それが正しい選択に思えた。

おれの上司だった赤城なら、きっとそうするだろう。

やれ、という声が頭のなかで響く。だが、堂丸を刺すという方向に気持が傾くたび、睾《こう》丸《がん》が痛いほど縮みあがる。堂丸の反撃も怖いが、刑務所に入るのも怖い。

おれは身動きできぬまま、歯茎に沁みる酒をあおり続けた。


闇のなかで、誰かが肩を揺すっていた。

うるさくて何度も振り払っていたら、ぴしゃりと頬を叩かれた。

「ちょっと、いつまで寝てるの」

耳元で女の声がして、重い目蓋《まぶた》を開けた。明日香が顔を覗《のぞ》きこんでいた。

いつのまにか、おれは部屋の玄関で、靴を枕に寝転がっていた。

堂丸が誰かとケータイで話しているすきに鮨屋をでたのは、ぼんやりおぼえているが、それからどこをどうやって帰ってきたのか、さっぱりわからない。

明日香が眉《まゆ》をひそめて、

「どうしたの。その顔」

意識がはっきりしてくると、猛烈な喉の渇きが襲ってきた。

「みず、みず」

おれは、うわごとのようにつぶやいた。

明日香がミネラルウォーターのペットボトルを持ってきた。それをひったくってラッパ呑《の》みしたが、口が満足に開かないせいで、大半は顎《あご》を伝って流れ落ちた。

「なにこぼしてんの。赤ちゃんじゃあるまいし」

明日香は愚痴りながら、床にこぼれた水を雑巾《ぞうきん》で拭いて、

「誰にやられたの」

おれは黙ってかぶりを振ると、床に両手をついて、なんとか立ちあがった。

妙なところで寝ていたせいか、軀の節々が凝り固まっている。ひどい二日酔いで、頭もがんがんする。

洗面所にいって鏡を見たとたん、ますます頭が痛くなった。

堂丸に殴られた唇が、ものの見事に腫《は》れあがって、アヒルのように突きでている。どす黒い血がこびりついた唇を、恐る恐るめくると、前歯が二本、根っこを残して折れていた。

額や頬もどこかで打ったらしく、青黒く内出血している。

あまり容姿は気にしないたちだが、このアヒル顔はひどすぎる。もし、このまま腫れがひかなかったら、水商売は辞めて保険屋のＣＭにでるか、千葉のテーマパークでネズミとならんで、ガキに手を振るしかないだろう。

「ねえ、誰にやられたの。堂丸さん？」

「ちがう」

おれは、鏡のなかのアヒル顔をにらみながら、

「あのおっさんとは、呑んだだけや」

堂丸は近いうちに必ず店にくる。そのときに明日香の表情が変わるのはまずい。

「ゆうべ、堂丸から連絡があったか」

「チーフと呑みにいくって、ママに電話があったみたいだけど、閉店までもどらないとは思わないから、みんなあきれてた。それで、誰とケンカしたのよ」

「知らん」

「知らんって、自分が殴られた相手くらいわかるでしょう」

「酔うとったけ、おぼえとらん」

明日香は鏡に映ったおれの顔を、うしろから眺めていたが、急に吹きだして、

「変な顔」

「変な顔で悪かったの」

「ごめんね。でも、そんな顔も男らしくていいよ」

「なら、いつもの顔はどうなんや」

「好きよ。かわいいから」

「バカ。ババアみたいなことをいうな」

リビングへもどって時計を見ると、昼の二時だった。もう事務所へいく時間だと思ったら、うんざりして飯を喰う気にもならなかった。

シャワーを浴びて、服を着た。唇の腫れはマスクで隠したが、今夜はキッチンからでた

くない。ゆうべの売上げが入った封筒を明日香から受けとって、部屋をでた。

外は太陽が猛《たけ》り狂っている。

炎天下のうえに傷が熱を持っているせいで、たまらなく暑い。事務所に着いたときには、サウナに入ったように汗びっしょりになっていた。

ドアを開けると、いきなりガラスのでかい灰皿が飛んできて、肝を潰《つぶ》した。

雇われ社長の新井が、頭を抱えて床にうずくまっている。

その前で大山が仁王立ちして、怒鳴り散らしている。

「この、どあほがッ。うちと誠神会が、どういう関係か知らんのか」

どうやら大山が、灰皿で新井の頭をどやしたらしい。

事務所の奥では、矢崎《やざき》が応接用のソファに坐《すわ》って、爪にやすりをかけている。矢崎は「ギルビー」の系列店の「ゴードン」というクラブで、マネージャーをしている。

「すみません。ほんとうにすみません」

新井は小柄な軀《からだ》をチワワのように震わせながら、頭をさげ続けている。

「しまいにゃ、ぶち殺すぞ。はよ金をかえしてこいッ」

大山が怒鳴ると、新井は首をかしげて、

「――どこへ金をかえすんですか」

「どこへて、誠神の本部にきまっとろうがッ」

新井は、金が入っているらしい紙袋を持って、ふらふらと立ちあがった。

その尻《しり》を、大山が思いきり蹴《け》り飛ばして、

「はよいけちゅうたら、はよいかんかッ」

新井は弾《はじ》かれたように、事務所を飛びだした。

大山は舌打ちをして、自分のデスクへもどった。

矢崎が爪にやすりをかけながら、うふふ、と笑った。

新井は、大山が裏で経営するアミューズメントバーとファッションヘルスの社長である。

アミューズメントバーは、酒が呑めるゲーセンのように装っているが、実際はバカラやルーレットが主体の地下賭場《とば》だ。

ファッションヘルスのほうは、そのものずばりで本番がある。むろん、どちらも非合法だから、捜査が入ればひとたまりもない。

だが大山が経営者として表にでることはない。いざというとき、警察に持っていかれるのは、社長の新井である。新井は以前、自分でクラブを経営していたが、大山に借金をしたせいで店が潰れて、いまは奴隷も同然の飼い殺しになっている。

おれは、大山がトイレにいったのを見計らって、

「新井さん、どうしたんですか」

と矢崎に訊《き》いた。矢崎は爪に視線をむけたまま、

「そっちこそどうしたの、その顔」

「――いや、ちょっと」

おれはマスクを押さえて、うつむいた。

矢崎は四十がらみに見えるが、正確な年齢はわからない。関東の出身で、噂では重い前科があるという。けれども仕事はできるから、大山も一目置いているらしく、ほとんど文句をいわない。日本人離れした彫りの深い顔だちで、店の女たちに人気があるが、暗い眼の色には堅気とちがう凄《すご》みがある。

「新井さん、なんかやったんですか」

「さっき新井くんが賭場の売上げを持ってきたんだよ。一千万くらいかな」

「やけに多いですね」

「そうなんだよ。だから誰が負けたんや、って社長が訊いたらね。新井くんは――」

矢崎はそこで、うふふ、と笑って、

「誠神会の総長ですって、うれしそうにいったんだよ」

誠神会とは、北九州では最大の組織である。大山興業と直接のつきあいはないが、地元で商売をする関係上、敵にまわすわけにはいかない相手である。

その誠神会の総長を一千万も負けさせたとあっては、本人がよくても周囲がなにをいいだすかわからない。だから大山は、新井に金をかえせといったのだ。

大山はトイレからもどってくると、おれの顔を一瞥《いちべつ》して、

「なんか、その面《ツラ》は」

「ちょっと、ごたごたがありまして」

「客とか」

「ちがいます」

「マスクをとってみい」

しぶしぶマスクをはずすと、大山は鼻を鳴らして、

「そういやあ、堂丸とかいう客やけどな。あれ、堅気やのうて、誠神の幹部やったわ。傷害で懲役喰《く》ろうて、最近、娑婆《しゃば》にでたそうや」

やはり堂丸は、やくざだった。大山は、おれと堂丸が揉《も》めたのを察しているようだったが、それには触れずに、

「相手が極道やから、ひくわけやないが、ツケはそのまま置いとけ。さっきも新井のバカが下手打ちよったし、いま誠神とごちゃごちゃするわけにいかんからの」

おれは、むっとして返事をしなかった。

ツケをとってこいだの、放っておけだの、勝手にもほどがある。大山は、堂丸の素性が気になって調べたのだろうが、それならツケの回収を急ぐ必要はなかった。結局は、おれの殴られ損だ。

「聞いとるんか、きさんッ」

おれが黙っているのに業を煮やしたようで、大山が靴の踵《かかと》でテーブルを蹴った。

「はい。じゃあ――」

「じゃあ、なんか」

「堂丸さんは今後、呑《の》み放題ということですね」

大山は、いまにも噛《か》みつきそうな顔になって、こっちをにらんだ。おれはそ知らぬ顔で、床に転がったままの灰皿を拾って、事務長の小林に売上げを渡した。

また無茶な注文をされないうちに退散したほうがいい。さっさと事務所をでようとしたら、おい、と大山がいった。ぎくりとして振りかえると、

「おまえんとこの客に、パチンコ屋の店長がおろうが」

「——細沼さんですか」

「そうや。いまどこにおるか知らんか」

「細沼さんなら、おととい店にきましたが」

「店の金を持って、飛びよったちゅう話や」

おれは、ごくりと唾《つば》を呑んで、

「ほんとですか」

「おう。四千万はいかれたちゅう話や。そいつは、うちにツケがあるんか」

「いえ、いつも現金でした」

「ならええわ。追いこみかかっとるから、じきに生け捕られるやろ」

ボトルがあったら流しとけ、と大山はいった。

事務所をでると、思わず溜息《ためいき》が洩《も》れた。またしても厭《いや》な予感が的中した。

細沼が逃げたのは、不正がばれたからにちがいない。そういえば、おとといの晩、細沼が店にきたとき、見慣れないボストンバッグを持っていた。愛人とケンカして部屋を追いだされたというのは嘘で、あの時点で逃げるつもりだったのだ。

ボストンバッグの中身は、恐らく店の売上げだろう。

むだだと思いつつ、細沼のケータイに電話すると、当然のように圏外だった。打ち子のおれまでだますとは許せないが、細沼を捜しだすあてはない。

それよりも、細沼が生け捕られたら、面倒なことになる。「マルタマ会館」の社長は堅気だが、誠神会とのつながりが深いと聞いている。

打ち子とはいえ、おれも「マルタマ会館」の金を抜いていたのは事実である。細沼がおれの名前をだしたら、誠神会から追いこみがかかるかもしれない。

堂丸に続いて、また厄介な問題が増えた。

なにから手をつけるべきか考えながら、カンカン照りの街を歩いていると、ブティックのショーウィンドーに、おれの顔が映った。

ぶざまなマスクをめくって、アヒル顔を見た瞬間、前歯を治そうと決めた。だが歯医者にいこうにも、保険証がない。となると誰かに借りるしかない。

金子のケータイに電話すると、麻雀《マージャン》を打っていて手が離せないという。

幸い保険証は持っているというので、金子がいる「共樂《きょうらく》」にいった。「共樂」は駅前にある古い雀荘で、スポーツ麻雀、関西でいうブー麻雀をやっている。

おれもだいぶ前に打ったことがあるが、アルシーアルの二千点持ちという古典的なルールがわずらわしくて、いっぺんで厭気がさした。

ところが金子は、なにがおもしろいのか、しょっちゅう「共樂」で打っている。「共樂」は、ほとんど廃墟《はいきょ》のような雑居ビルの二階にある。

転げ落ちたら命の危険を感じるほど、細くて急な階段をのぼるにつれて、雀荘特有のタバコのヤニと芳香剤がまじった匂いが漂ってくる。

ドアを開けると、卓はひとつしか動いていない。

金子はずいぶん勝っているようで、椅子の横にあるテーブルには、プラスチックのカードが山積みになっている。カードは現金のかわりで、カジノのチップとおなじである。

ゲーム中は、負ければその都度、現金をカードに両替して払う。勝ちぶんもカードでもらい、帰りにレジで精算する仕組みだが、入店時にはメンバーと呼ばれる従業員に「あずかり」を渡す必要がある。

「あずかり」とは、一文《テツポウ》なしで打たせないための保証金《デポジット》だ。店によって差はあるが、たいていはラス一回ぶんの金額である。客が帰るときには「あずかり」はかえしてもらえるし、持ち金がなくなった場合はそれで払えばいい。

「風邪でもひいたんですか」

金子が、おれの顔を見て訊いたが、黙って首を横に振った。

おれはメンバーが持ってきたおしぼりで手を拭《ふ》きながら、金子のうしろに坐《すわ》った。

金子の前には、千点ほどの点棒が置かれている。ブー麻雀では、浮いた点棒を卓の上にだしておくのが決まりだ。

ブー麻雀は、リーチ麻雀のように点棒の多寡を競わない。誰かが満貫ぶん浮くか、ハコテンになれば終わりで、その時点でもっとも浮いている者がトップである。原点より黒棒一本でも沈めば負けで、決められた金額を支払う。

この店のルールのナナトウなら、ひとり沈みの一コロは七百円、ふたり沈みの二コロは千四百円、三人沈みのマルエイは三千円をトップがもらう。もっとも、ひと勝負ごとにゲーム代を徴収されるから、長いことやっていたら、勝つのは店だけになる。

金子は、タンヤオ三色ドラ一をヤミテンで張っている。

ツモれば当然マルエイだが、対面《トイメン》の親がリーチをかけてきた。中張牌《チユウチヤンパイ》をざくざく切って、捨牌には字牌が一枚もない。

対面は禿《は》げ頭の中年男で、やけに鼻息が荒い。トイレに立ったふりをして、禿げ頭の手を見たら、国士を張っている。待ちは東《トン》で、場に二丁でている。

ブー麻雀で役満は怖くないが、この店のルールでは、ツモっても出あがりでも無条件マルエイである。禿げ頭にあがられたら、金子のトップはない。

何巡かすると、運悪く金子が東を持ってきた。金子が止めるわけがないから、うしろから椅子を蹴飛《けと》ばした。金子は、おれの意図を理解したようで、東を残して雀頭を落とした。

けれども、なかなか決着はつかず、流局しそうな雲行きにいらいらした。おれは隣の卓から東をかすめとって、金子の手に握らせた。

金子は眼を白黒していたが、思い切り背中をどつくと、

「ツ、ツ、ツモ」

舌をもつれさせて手牌を倒した。ツモ三色ドラ一でマルエイである。

ほんとうにツモってきた牌は、金子の膝《ひざ》の上にある。その膝がぶるぶる震えている。

「よう東が止まったのう、兄ちゃん」

対面の禿げ頭が、訝《いぶか》しげに眉《まゆ》をひそめた。

「そんな捨牌でリーチがかかっとるのに、東を切る奴はおらんやろ」

おれはすかさずフォローしてから、金子にむかって、

「はよ、保険証を貸せ」

「貸すのはいいですけど、なんに使うんですか」

金子は財布を片手に、不安げな顔で訊《き》いた。

マスクをめくって歯のない口を見せると、金子は眼をまるくして、

「なにがあったんですか」

「明日香に殴られたんや。あれは恐ろしい女や」

「マジですか」

「ええから、はよ貸せッ」

「病院以外のことに使わんといてくださいよ」

金子は上目づかいでいって、財布から保険証をだした。

それをもぎとって、店のドアを開けたとき、

「あれ、東が五枚あるぞッ」

そんな叫び声が背後で聞こえたが、おれはもう階段を駆けおりていた。


タクシーを拾って、街はずれにある聖愛医院《せいあい》にいった。

聖愛医院は、もと上司の赤城に教わった総合病院だ。名前からしてうさんくさいが、怪しげな患者を引き受けるせいで、地元では悪名高い。そのぶん、なにかと融通が利いて、他人の保険証を使うくらいなら、なにもいわないという。そんな病院だけに治療に不安はあるものの、贅沢《ぜいたく》はいえない。

ホラー映画のセットに使えそうな薄汚れた建物に入ると、昼間だというのに、外来のロビーはがらんとしていた。パジャマ姿の男が椅子に寝そべって漫画を読んでいるだけで、ほかには誰もいない。

受付には、ギャル系のメイクをした若い女がひとりいるだけだ。金髪を高く盛って、両眼に一発喰らったようなアイラインをひいている。白衣を着ているから看護師だとわかるが、そうでなければイメクラ嬢だ。

イメクラ嬢に症状を告げて、金子の保険証を渡すと、ひまな病院だけあって、すぐさま

診察室にいくよううながされた。

途中にある病室では、患者たちが花札をしている。出前の鮨《すし》を喰《く》っている患者もいたが、恐らく保険金目あてで入院している連中だろう。

以前、うちの店とおなじビルで、スナックを経営しているマスターがいた。何度かおたがいの店で呑《の》んだ程度の仲だったが、ある日、うちの店にマスターがきて、

「どうも、お世話になりました」

と頭をさげた。きょうで店を閉めるというから、わけを訊《たず》ねると、

「さっき車に乗ってたら、オカマを掘られましてね。相手が十対〇の過失です。しかもそいつは公務員やから、宝くじに当たったようなもんで」

マスターは喜色満面でいって、

「ちょうど店もひまやったから、きょうで閉店して、当分は病院で寝ときます」

マスターは小躍りしながら帰っていった。それっきり顔を見ないが、恐らくこういう病院に入ったのだろう。

歯科の診察室にも患者の姿はなく、象のような体型の女がひとりしかいない。歯科助手だか看護師だか知らないが、一族が集団自殺でもしたように愛想がない。

こんな病院で大丈夫なのか。おれは、いまさらながら後悔した。

前にきたときは、赤城が知りあいの見舞へいくのにつきあっただけだから、治療を受けるのは、はじめてである。

「はよ坐って、うがいして」

象に命じられるまま、おれは椅子に寝そべって、うがいをした。

心細い気分で待っていると、マスクをした初老の医者がでてきた。医者は診療用のライトをつけるなり、おれの口をこじあけた。

「おまえ、むちゃくちゃに歯が悪いぞ。ここも、ここも」

折れた前歯をぐいぐいと指で押されて、思わず悲鳴をあげた。

「このくらいで、なにが痛いか。男やろうが」

医者はマスク越しに怒鳴ったが、歯を治したいだけで、男を試しにきたおぼえはない。

「おれは刑務所の連中の歯も診とるが、おまえの歯は、あいつらとおんなじや。シンナーかシャブでも喰うとったやろ」

おれは痛みをこらえながら、かぶりを振った。

「仕事はなんをしよるんか」

「呑み屋ですけど」

「なんや、テーブル乞食《こじき》か」

「それはホストでしょう。おれはスナックです」

「似たようなもんや」

と医者は鼻を鳴らして、

「それで、どの歯を治したいんか」

前歯に決まっとろうが、と怒鳴りたかったが、歯の痛みで抵抗する気力が失《う》せていた。おれは口を開けたままのまぬけな声で、

「前歯を差し歯にしたいんですけど——」

医者が、おれの歯を覗《のぞ》きこむと、酒の匂いがした。とんでもないヤブ医者だと思ったが、いまさら帰るわけにもいかない。

「これやったら、残りを削って差し歯にできるやろう」

ヤブ医者は、ようやく医者らしいことをいった。それはよかったが、まだ周辺の腫《は》れがひどいという理由で、消炎剤と痛み止めをくれただけで帰された。

腫れがひきしだい、神経をとって歯を削り、差し歯の型取りをするという。なんとも面倒なことになったが、歯というのはあなどれない。

金子の大学の先輩だったタケは、麻雀《マージャン》狂いだった。年がら年じゅう麻雀を打っているうちに、大学を辞めて雀荘のメンバーになった。

ある日、タケが勤めていた雀荘へいくと、顎《あご》の下に大きな絆創膏《ばんそうこう》を貼っていた。タケはそれまで顎にヒゲを生やしていたのに、きれいさっぱり剃《そ》ってある。

どうしたのかと思ったら、タケは照れくさそうに笑って、

「虫歯の穴が深くなりすぎてですね」

顎の骨を貫通して、皮膚まで穴が開いたと聞いて、ぞっとした。

麻雀狂いの奴は、たいてい歯が悪いが、タケはそれからも虫歯に苦しんでいた。

ところが、あるときタケは一大決心をして、すべての歯を抜いた。二十代前半にして総入れ歯になったわけだが、タケは晴れ晴れとした顔で、

「これでもう一生歯が痛いことはないですよ。なんせ歯がないんやから」

ざまあみろ、と陽気に麻雀を打っていた。けれども連日徹夜のうえに、超の字がつくヘビースモーカーだったせいか、肺が潰《つぶ》れて、半年もしないうちに死んだ。

その夜、九時をまわった頃に「ゴードン」の矢崎から電話があった。

「悪いけど、応援にきてくれないかな」

先週入ったばかりのボーイがふたり無断欠勤して、人手が足りないという。ホールは大の苦手だが、矢崎は大山の次に怖いから断るわけにはいかない。といって、マスクをしたままクラブのホールにでるのもまずいだろう。

洗面所で鏡を見ると、唇はまだ腫れているものの、アヒルが小ガモくらいになっていたから、マスクをはずした。

キッチンは女たちにまかせて、店をでた。

「ゴードン」は通りをはさんだ、むかいのテナントビルにある。木製の重厚なドアを開けると、黒いスーツに蝶《ちょう》ネクタイの矢崎が立っていた。

「悪いねえ、チーフ」

矢崎は形のいい眉を八の字にして、

「バカがばっくれたせいで、どうしても手がまわんなくて」

「大丈夫です。でも、ふたりとも急に休むなんて、どうしたんですかね」

「さっぱりわからないんだよ。最近の若いのは妙な奴が多いからね」

週末とあって店内は混んでいて、ずらりとならんだボックスは客で埋まっていた。ボックスが空くのを待っているのか、入口のそばにあるカウンターには、三十歳くらいに見える短髪の男がいるが、酒がでていないのが妙だった。

店の奥では、この界隈《かいわい》で店を掛け持ちしているピアノ弾きの女が、作り笑顔を浮かべてジャズを弾いている。

ホールに立って客の顔を見渡していると、いちばん奥のボックスで眼がとまった。サングラスに白いジャケットの男が、ホステスに肩を揉《も》ませている。その隣には、真っ黒な顔をした坊主頭の男がいる。もうひとり猪首で肩幅の広い男がいるが、顔は見えない。どう考えても堅気ではない連中だと思っていると、

「きょうは、ああいうのもきてるから、よろしく」

いつのまにか、矢崎が横に立っていた。矢崎は視線を前にむけたまま、

「あの白いジャケットが誠神会の若頭《かしら》。連れのふたりは幹部だよ」

それでカウンターにいる男の素性がわかった。男は「弾よけ」、つまりボディーガードだから酒は呑めない。若頭たちが帰るまで、番犬のように店内を見張る役目だ。

おれは声をひそめて、

「あいつら、よくくるんですか」

「きょう新井くんが誠神会に金をかえしにいっただろ。それで総長が気をよくして、大山のとこで遊んでやれとかいったんでしょう」

おれの前のボックスで、スーツを着た若い男が三人、ホステスをはさんで呑んでいる。男たちはみな、金無垢《きんむく》のロレックスだのブルガリだの派手な時計をして、テーブルにでているのはカミュのジュビリーバカラである。仕入れで六万ほどのブランデーだが、キープだと三十万円になる。

三人とも、おれとたいして変わらない歳に見えるが、二十代の若さで、こういう店で遊んでいるのは、まともな職業ではない。

テーブルの灰皿に吸い殻が二本あるのを見て、おれは膝《ひざ》を折った。

「失礼します」

灰皿は、吸い殻が二本溜《た》まったら替えるのが決まりだ。

「おい、ニコラシカをくれよ」

と男のひとりがいった。男は、おれの唇をじろじろ眺めて、

「なんだ、その口は。キモいから、あっちいけ」

「すみません」

おれはすなおに頭をさげて、キッチンへいった。

ニコラシカは一応カクテルだが、酒を味わうのではなく一気呑み用だ。

作るのは簡単で、リキュールグラスにブランデーを注いで、レモンスライスで蓋《ふた》をする。あとはレモンのうえに砂糖をかためて乗せるだけだ。呑《の》むときはレモンスライスと砂糖を口に放りこみ、ぐっと齧《かじ》ったところでブランデーを一気に流しこむ。

若いうちに、こういう呑みかたは軀《からだ》に悪いと教えてやったほうがいい。おれは、聖愛医院でもらった痛み止めをアイスピックの尻《しり》で砕いて、砂糖に混ぜた。

ニコラシカのセットをテーブルに運ぶと、男たちはさっそくグラスにカミュを注いで、じゃんけんをはじめた。成金っぽい身なりはしているが、やることはガキだ。

三人とも痛み止めには気づかないようで、次々に一気呑みをしている。

おれは満足して、店内を見まわした。

さりげなく誠神会のボックスに眼をやったとき、ぎょっとした。さっきは背中をむけていたから気づかなかったが、猪首の男は堂丸だった。大山がいったとおり、堂丸は誠神会の幹部だったのだ。

ふと、ゆうべのことを思いだして、腹の底が熱くなった。といって、どうすることもできないし、おれがいるのを堂丸に気づかれるのは厭《いや》だった。幸い堂丸がいるボックスは、ほかのボーイが担当しているから、近づかないですんだ。

おれは堂丸のボックスに顔をむけないよう注意しながら、キッチンにオーダーを通したり、酒や料理を運んだり、仕事をこなした。だがホールは慣れないだけに、やはり疲れる。日頃は酒をひっかけながら働いているのに、ホールの場合は酒はもちろんタバコも吸えない。そもそもそれが厭だから、カウンターの仕事を選んだのだ。

早く客が減らないかと思っていると、どすんと音がして、ニコラシカを呑んでいた男が床に倒れた。さっき、おれの唇に文句をつけた奴だった。隣にいたホステスがあわてて抱き起こしたが、口からよだれを垂らして正体がない。

連れの男ふたりも、かなり酔っているようで、眼が泳いでいる。ヤブ医者がくれたのは、かなり強い痛み止めらしい。彼らは、潰れたひとりをまんなかにはさんで、幽霊のような足どりで帰っていった。

ようやく客が減ったと思ったら、入れちがいに、また三人連れが入ってきた。ひとりは上品な顔だちをした初老の男で、真っ白な髪をきれいに撫《な》でつけている。あとのふたりは、恰幅《かっぷく》のいい四十がらみの男と、三十代なかばくらいのがっしりした男である。

みな高級そうなスーツを着ているからサラリーマンかと思ったが、おしぼりを差しだした瞬間、ぎくりとした。

初老の男のスーツの襟に、丸に八の字を彫ったバッジが光っている。その筋には、あまりくわしくないおれでも知っている、関東八洲会《はっしゅうかい》の代紋である。

関東八洲会といえば、関東では一、二を争う大組織だ。連れのふたりはバッジをつけていないが、あらためて様子を窺《うかが》うと、やはり同業のようだった。

カウンターの男が緊張した面持ちで、ちらちらと彼らを眺めている。

矢崎も三人連れの素性に気づいたらしく、てきぱきと売れっ子のホステスをあてがうと、

おれの横へきて、

「関八《かんぱち》が、こんな田舎になんの用だろうね」

「トラブルでしょうか」

「どうかな。誠神会とごたついてるって話は聞いてないけど」

矢崎は首をかしげて、

「まあ、うちは大いに稼げるから、やくざは大歓迎だよ」

「そうなんですか」

うふふ、と矢崎は笑って、

「十分くらい経ったら、ピンドンを一本、誠神会のボックスに持っていって」

「そんなオーダーがあったんですか」

「オーダーなんかないよ。だから、ピンドンを持っていったときに、あちらのお客様からです、っていうんだよ」

「あちらのお客様って――」

矢崎は、それとなく関東八洲会の連中に視線をむけた。

「えッ」

やくざを相手に、注文もしていない酒を勝手に持っていけとは、矢崎はなにを考えているのか。もし嘘がばれたら、まちがえましたではすまない。しかも誠神会のボックスには、堂丸がいるのだ。

わけのわからない指示にとまどっていると、矢崎はさっさと歩きだした。

「ちょ、ちょっと待ってください」

「じゃあ、頼むね」

矢崎は背中をむけたまま、片手をあげた。


こんな目に遭わされるのなら、自分の店にいればよかった。

おれは応援にきたのを悔やみながら、ピンドン——ドンペリのピンクをシャンパンクーラーに入れて、誠神会のボックスに持っていった。トレイに添えた指が震えるせいで、シャンパングラスが触れあって、ちりちりと鳴った。

ボックスの前に立つと、堂丸は、めざとくおれに気づいて、

「なんで、ここにおるんか」

「応援です。うちの店とは姉妹店ですから」

堂丸は、そうかとうなずいて、

「これはなんか。こんな甘ったるいもんは注文しとらんぞ」

トレイの上のピンドンに顎《あご》をしゃくった。

「あちらのお客様からです」

おれは遠慮がちに、関東八洲会のボックスを手で示した。

席にいたホステスたちが歓声をあげたが、妙な雰囲気を察したようで、すぐに黙った。

「なんやと」

男たちは、いっせいに首を伸ばした。

若頭だという白いジャケットの男が眉間《みけん》に皺《しわ》を寄せて、

「あれ、関八のもんやないか」

「若頭《かしら》、あいつらを知っとるんですか」

坊主頭の男が訊《き》いた。

「いや、顔しか知らんがの。うちにあいさつもこんで、なにやっとるんじゃ」

若頭が坊主頭になにか耳打ちしている。そのすきにピンドンを抜いて、シャンパングラスに注ぎわけた。すばやくボックスを離れようとしたとき、

「おい、待たんかい」

野太い声で呼び止められて、心臓が縮んだ。振りかえると、坊主頭が手招きして、

「レミーのルイなんとかいう酒があろうが」

「――ルイ十三世でしょうか」

「そうや。あっちの席にそれを持っていけ」

ようやく矢崎の意図がわかったが、こんな役目はごめんだった。

おれは冷汗をかきながら、レミー・マルタン・ルイ十三世を持って、関東八洲会のボックスへいった。この店ではピンドンが一本十五万円、ルイ十三世が八十万円である。

おれがテーブルの前で片膝《かたひざ》をつくと、

「おや、これはどうしたの」

初老の男が、不気味なほどおだやかな声でいった。

「あちらのお客様からです」

三人は、ちらりと誠神会のボックスを見た。初老の男は表情を変えずに、

「あとで、ごあいさつしておけ」

はい、と四十がらみの男がうなずいた。

「それから、お兄さん」

と初老の男は、おれのほうをむいて、

「あれを二本ばかり、あちらの席に届けておくれ」

背後の酒棚を指さした。指の先には、リシャール・ヘネシーのボトルがある。この店では百万円の酒だが、それを二本も入れるのは見たことがない。

おれは二本のリシャール・ヘネシーを持って、誠神会のボックスにいった。

「あちらのお客様からです」

バカのひとつおぼえのようにいうと、さっと空気が変わった。

「なんや、これ」

「こっちがかえしたのに、それをまたかえしてくるちゅうのは、気ィ悪いの」

「関東もんが、ナメとるんとちがうか」

坊主頭の男と堂丸が腰を浮かせた。

「待たんかい」

と若頭がいって、入口のほうへ顎をしゃくった。

初老の男と体格のいい男が、女たちに見送られて店をでていく。

四十がらみの男は反対に、こちらにむかってくる。カウンターにいた男が、それを追うように歩きだした。

男が上着の懐に片手を突っこんでいるのを見て、急いでその場を離れたが、予想に反して、なにも起きなかった。四十がらみの男が、誠神会の若頭に頭をさげて、ひとことふたこと喋《しゃべ》っただけで終わりだった。

もっとも、四十がらみの男が店をでると、誠神会の三人は、女たちを席からはずして、ひそひそと話しこんでいた。

「おもしろいでしょ。ちがう組どうしが顔をあわせると、いつもこうなるんだ」

矢崎が二枚の伝票を手に、にやにやしている。

「いつもこうなるんだ、っていうか、マネージャーがそうしてるんでしょう」

おれは溜息《ためいき》をつくと、どのくらいの売上げになったのかと思って、伝票を覗《のぞ》いた。

とたんに眼をしばたたいた。

伝票では店の値段とちがって、ピンドンが二十万、ルイ十三世が百万、リシャール・ヘネシーが百二十万になっている。

「これは裏の伝票だから、社長には内緒ね」

「ってことは、定価との差額は――」

「もちろん、ここさ」

矢崎は胸のポケットに手を入れた。

ピンドンで五万、ルイ十三世で二十万、リシャール・ヘネシーは二本だから四十万だ。つまり矢崎は酒代だけで、六十五万円を抜くつもりだ。

あこぎなやりかたにあきれていると、

「それにしても、あいつらは、いつも現金だから助かるなあ」

矢崎はそういって、うふふ、と笑った。


翌日は日曜日だった。

休日は、ひたすら寝るのが楽しみだが、そんなときに限って、明日香は早くから起きる。ひとりで起きているのはかまわないが、おれまで起こそうとするのがわずらわしい。

その日も朝早くからテレビをつけて、掃除機をかけたり、洗濯物を干したり、忙しく動きまわっている。カーテンを開け放っているせいで、窓から射しこむ陽光がまぶしい。

おれは寝苦しさに何度も寝返りを打って、

「なにを、ごそごそやっとるんや」

「ごそごそってなによ。ひとを虫みたいにいわないで」

「ふだんは二日酔いのくせに、なんで休みのときは、早く起きるんや」

「だって、こういうときに家事をやっとかないと」

「もっともらしいことをいうな。休みで浮かれとるだけやろうが」

明日香は鼻歌を口ずさみながら、キッチンでフライパンを振っている。やがて玉子の焼ける香ばしい匂いがしたが、起きる気はしなかった。

ベッドのなかでうとうとしていると、折れた前歯に冷たいものが沁《し》みた。痛みに目蓋《まぶた》を開けると、眼の前に明日香の顔があった。唇からオレンジ色の液体がしたたって、おれの鼻を濡《ぬ》らした。冷たくて鼻をぬぐったら、指先がべたべたした。

「どう、おいしい？」

明日香は缶ジュースを片手に、いたずらっぽい眼で笑っている。

「なにをしとるんや」

「ずっと呑《の》ませてあげてたの。唇がカサカサやったから」

「バカが。いらんことするな」

「起きてよ。もうお昼すぎよ」

おれはベッドに軀《からだ》を起こして、溜息をついた。

「おまえの前世は、犬っころやな」

「なんでよ」

「犬はてめえが起きたら、わんわん吠《ほ》えて飼主を起こすやろ。おまえとおんなじや」

「なにが犬よ。せっかく朝ごはん作って待ってたのに」

明日香はむくれて、そっぽをむいた。機嫌をとるつもりで、Tシャツの裾《すそ》をまくって乳房に手を伸ばしたが、即座にはねつけられた。

おれが冷めたオムレツとパンを喰《く》いはじめても、明日香は知らん顔をしている。しだいに血圧があがってくるが、そのへんが居候の弱いところで、下手に揉《も》めては居場所がなくなる。次に転がりこむあてが見つかるまでは、おとなしくするしかない。

明日香は、ふて腐れた顔でテレビを観ている。

盛りをすぎた芸能人や俳優が毎回でてきて、田舎の民家に泊まらせてもらうという嗜虐《しぎゃく》的な番組である。もっとも、このテレビ局は嫌いではない。核戦争がはじまっても、食べ歩き番組を流していそうな能天気さがいい。

ふとチャイムが鳴って、ドアスコープを覗くと、額に絆創膏《ばんそうこう》を貼った金子がいた。

なんの用かと思いつつ、部屋にあげると、

「このあいだ、雀荘《ジャンそう》でやられましたよ」

金子は怨《うら》めしそうな表情でいって、

「保険証をかえしてください」

「歯が治るまで貸しとけよ」

「病院の窓口に保険証をだすのは、初診のときだけでしょう」

「いちいちうるせえなあ。あとでかえすよ」

「あとじゃ困ります。いまから競馬にいくんですから」

「お馬で人生アウトか」

「なんすか、それ」

「中山競馬場のトイレで自殺した男の遺書や。換気扇の電気コードを胸にあてて、感電死したんやけど、そいつが予想紙に赤ペンで、お馬で人生アウトって書いてたんや」

「縁起の悪いことをいわないでください。勝負レースがあるっていうのに――」

金子は赤ペンで真っ赤になった競馬予想紙を広げて、

「このあいだ焼鳥屋にいったら、顔見知りの厩務員《きゅうむいん》がおって、きょうのメインレースで、そこの厩舎の馬が勝負するっていうんです。本命はガチガチやから、その馬をヒモにして一点買いでいけますよ」

「その手の話は腐るほど聞いたけど、当たったためしがねえぞ」

「だって、厩務員がいってるんですよ」

「だいぶ前、騎手の身内がらみの馬券に有り金を突っこんだけど、かすりもせんやったぞ。騎手でもそんな調子なのに、厩務員の情報じゃなあ」

「でも、ぼくは勝負しますよ」

金子が腰をあげかけたとき、

「あたし、競馬にいきたい」

不意に明日香がいった。さっきまでの不機嫌を忘れたように、眼がきらきらしている。どうやらバカの好奇心にスイッチが入ったらしい。

「競馬なんか、やったことないやろ」

「だから、いっぺんやってみたいの」

「やめとけ。金を捨てにいくようなもんや」

「ビギナーズラックっていうのもあるし、わかりませんよ」

金子がよけいな口をはさんだ。

「なら、おまえらふたりでいってこい」

「じゃあそうする。金子さん、連れてって」

「いや、それはちょっと」

「連れてってやれよ。そのかわり、この女が負けたら、えらい目に遭わされるぞ」

口を開けて、折れた前歯を指さすと、金子は青い顔で、おれの腕をひっぱった。


炎天下だというのに競馬場は混んでいた。

ちょうどメインレースの周回がはじまっていて、パドックのまわりは身動きできないほどの混雑だった。みな汗まみれの顔を、予想紙やスポーツ新聞であおぎながら、熱心に馬を眺めている。

競馬は夢中になった時期もあるが、パチンコのように飯は喰えなかった。そもそも二割五分という控除率がある以上、勝つほうが不思議である。

やくざの賭場《とば》で胴元が一割以上のテラ銭をとったら、賭博開帳図利罪に加えて詐欺罪が適用されるという。なぜならば客がぜったいに勝てないからだが、一割で詐欺なら二割五分は泥棒に近い。宝くじの控除率は五割だから、ほとんど強盗である。

けれども客の多くは、控除率など気にしない。馬券を当てればもうかると信じているから、みなタイムだの血統だのを必死で検討する。金子も正統派で、スピード指数がどうのレイティングがどうのといっては負けているクチだ。

おなじ五歳でも、人間の子どもを走らせたら、一着の子は永遠に一着で、ドンベの子が勝つことなどありえない。ところが競馬では、もっとも人気薄の馬がしばしば一着にくる。ギャンブルとして不確定要素を高めているといわれればそれまでだが、だとすれば、なおさら予想はあてにならない。

本職の博打《ばくち》うちは、当てようとするのではなく、賭《か》けかたを工夫するという。数あるレースのなかから、堅いレースを選んで大金を投資する。トータルで勝ちを狙っていくのが彼らのやりかただというが、貧乏人にはまねできない。

駅前の立ち呑み屋をうろついている飯塚のような連中は「転がし」で勝負する。

「競馬でも競輪でもええ。たった三レース、当てるだけでええんや」

彼らの理屈は単純で、一点買いを繰りかえすだけだ。配当が十倍の馬券を一点買いして、当たれば十万円、その十万円を次のレースも一点買いして、十倍つけば百万円、その次のレースでもおなじ買いかたをすれば一千万円になる。

「たった三レースで、一万円が一千万や」

実際、飯塚は百万円までは何度となく到達したという。

「けどな。なんでか最後が当たらんのや。最後が」

おれはさまざまな必勝法を試みた末に、オッズで馬券を買うようになった。トータライザーや場内テレビを見て、不審な投票があった馬に賭けるという古臭いやりかただ。

どのレースも、馬券は予想紙の印どおりに売れる。一般の客がいくら徹夜で検討しようと、彼らの情報源は、予想紙やスポーツ新聞しかないのだから当然である。

それなのに、実績も印もない馬のオッズが突然さがることがある。なぜそんな現象が起こるかといえば、その馬に関して、なんらかの情報を得た者が大量に投票した可能性がある。その尻馬《しりうま》に乗っかるのが、オッズを見る目的だ。

実際、そうした馬は、かなりの割合で連にからむ。とはいえ必勝法とまではいかない。騎手や厩舎の情報も検討して精度をあげようとしたが、かんばしい成果はなかった。

「例の馬、ケツシオですよ。やっぱり勝負にきてます」

金子が声をひそめていうと、パドックの馬を指さした。ケツシオとは、馬の尻に塩が乗っている状態のことだ。塩は、お祓《はら》いのときにまかれた清めの塩である。

「ケツシオっていうのは、ただのおまじないやろ」

「厩務員は、馬の調子がいいときはケツシオしてるから、っていってたんすよ」

予想紙を見ると、メインの十一レースはダートの千七百メートル、十二頭立てだ。

金子がいう馬は、前走一番人気の二着で連闘だった。今回も二番人気だから、配当の旨《うま》味《み》はないが、勝負にきている雰囲気ではある。対する本命馬は目下三連勝で、単勝オッズは二倍を切っている。他馬の単勝オッズが軒並み十倍以上というグリグリの本線とあって、これには逆らえない。典型的なヒモ探しのレースである。

場内テレビでオッズを見ていたら、一頭の馬に眼がとまった。

ケッシオの馬と同厩舎の馬がいて、どの予想紙も無印なのに単勝オッズは三番人気につけている。あきらかに異常な投票だ。その馬のファンが大勝負をした可能性もあるが、こんな頭の堅いレースで単勝を買うのは、よほど自信があるとしか思えない。

馬連は本命から買っても五十倍近い配当で、狙い目に思えた。おれは本命馬からケッシオの馬を薄めに、同厩舎の馬を厚めに流した。

金子は、本命とケッシオの馬連一点買いで、どこから工面してきたのか、十万円も買っている。馬連では一番人気の馬券だが、ヒモが混線とあってオッズは十倍近い。

「そんな買い目じゃ当たらんぞ。十万円がただの紙きれや」

おれが冷やかすと、金子は口を尖《とが》らせて、

「じゃあ、どう買ったら当たるんですか」

「当てるだけなら、全通り買えばええ」

「そりゃ、ぜったい当たるけど、もうからないじゃないすか」

「それでも一点買いよりましや。控除率は二割五分やから、永遠に全通りを買い続けたら、もどってくる金は、限りなく七割五分に近づいていくやろ」

「まあ、そうでしょうけど」

「みんな競馬で一文無しになるのに、七割五分も金がもどってきたら上出来やないか」

「競馬をやらないほうが百パーセントもどってきますよ」

おれは、すかさず金子の頭をはたいた。

明日香は、動物園にでもきたように、馬がかわいいを連発している。マークシートの書きかたを教えてやると、窓口に走っていった。なにを買ったのか訊《き》くと、

「教えない。ビギナーズラックが落ちるから」

「おまえはドッグレースのほうがむいとるやろ」

うっかりそういったとたん、明日香に頬を張られてよろめいた。


ファンファーレが鳴って、レースがはじまった。

ゲートが開くと同時に、馬たちは土煙をあげて走りだした。ケツシオと、おれが買った同厩舎の馬は、いきなり馬群を抜けだした。二コーナー、三コーナーと、二頭は他馬に四馬身ほどの差をつけて先頭を走っていく。

四コーナーにかかっても、その差は縮まらない。それはいいけれど、本命馬はまだ最後方につけている。おれは不安になって、

「大丈夫かな」

「あの馬の末脚はたしかです。ぜったいに大丈夫」

金子がいったとおり、じわじわと外から本命馬が追いあげてきた。

おれは思わず、ほくそ笑んだ。この展開なら、ケツシオか同厩舎《きゅうしゃ》の馬が確実に残るだろう。どちらの馬券も買っているが、むろんケツシオでないほうが高配当である。

四コーナーをまわって直線、ものすごい末脚で本命馬が差を詰めてくる。

もう楽勝だと思った。ところがゴール直前になって、

「あ、あ、あ」

金子が悲痛な声をあげた。おれは絶句して、拳《こぶし》を握り締めた。明日香は、どの馬を応援しているのかもわかっていないくせに、わあわあ叫んでいる。

前の二頭を差し切るはずの本命馬が、頭ひとつ届かないままゴール板を駆け抜けた。

うわあッ、とスタンドから悲鳴のような声があがった。

レースの結果は、おれが勝負した馬が一着、ケツシオが二着、本命馬は三着。同厩舎二頭の逃げ切りである。

「――親子どんぶりや」

おれは呆然《ぼうぜん》としてつぶやいた。

金子は棒のように立ち尽くしたまま、身じろぎもしない。明日香が呑気《のんき》な顔で、

「親子どんぶりって、なに」

「おんなじ厩舎の馬が二頭きたってことや」

「勝ったの」

「だめや。タテ目喰《く》らってしもうた」

「タテ目って、なに」

「いちいちうるさい。とにかく、はずれや」

「何番と何番がきたの」

おれは黙って、着順表示板を指さした。

明日香は、そこに表示されている番号と馬券を見くらべていたが、

「あたし買ってる」

明日香の馬券をひったくると、たしかに当たっている。

たった千円だが、馬連の一点買いだ。

そのときアナウンスが流れて、場内がどよめいた。やはり誰かが大量に買っていたのか、配当は一万二千円ちょっとと意外にすくないが、それでも十二万になる。

「なんで、こんな馬券を買ったんか」

「だって、二頭ともかわいかったから」

明日香は、けろりとしていった。

「おい、明日香のおごりで飯喰いにいくぞ」

意気消沈している金子の肩を叩《たた》いたが、黙って首を横に振った。

「金子さん、一緒に食べようよ」

明日香がいうと、金子は病人のように力ない笑みを浮かべて、

「いえ、きょうは遠慮しときます」

とぼとぼと歩きはじめたが、すぐにもどってきて、

「忘れてた。保険証かえしてください」

「家に置いてきた」

金子は、がくりと肩を落として帰っていった。

「あいつも勝手な奴やな。自分が競馬に誘ったくせに、先に帰りやがった」

「あたしたちに気を遣ったんじゃないの」

この女は、どうしてそういう考えかたができるのか。おれは首をひねった。


明日香とタクシーに乗って、「アリラン」にいった。

繁華街で車をおりると、どんどんと太鼓が鳴っている。祇園祭《ぎおんまつり》が近いとあって、この時期になると、街のあちこちで太鼓を練習している。

「アリラン」は在日朝鮮人の婆さんが経営している、ちっぽけな焼肉屋だ。味は抜群だが、路地裏にあるのと、ぼろぼろの店構えのせいで、ガキや家族連れはこない。

ひびの入ったガラス戸を開けると、もうもうとした煙が噴きだしてくる。

肉を焼くのは七輪で、無煙ロースターといった気の利いたものはないから、店に入ると軀《からだ》ごと燻製《くんせい》になる。エアコンの効きがいいのが救いで、これで店内が暑かったら、夏場は誰もこないだろう。

座敷で焼肉をつついていた作業服の男たちが、じろりとこっちを見た。みな顔じゅうを脂でてからせて、飯を喰っているというより、なにかと格闘しているような表情だ。

キムチを肴《さかな》に生ビールで乾杯して、トンチャン鍋《なべ》を注文した。

韓国産の赤唐辛子を大量に使ったキムチは見た目こそ真っ赤だが、辛さはさほどでもない。アミの塩辛と昆布の旨味が効いている。

明日香が煙に眼をこすりながら、

「なに、トンチャン鍋って」

「トンチャンも知らんて、おまえはどこの生まれや」

「生まれはこっちだけど、知らないの」

「トンは糞《くそ》で、チャンは腸ちゅう意味や」

「なにそれ」

明日香が眼をまるくしていると、皺《しわ》くちゃの婆さんがトンチャン鍋を運んできた。まんなかが円形にくぼんだ鉄板の上に、牛モツと野菜が山盛りになっている。

トンチャン鍋は、いわゆるモツ鍋とちがって、最初は汁がない。鉄板をガス台にかけているうちに、モツと野菜からでてきた汁で炊くのが特徴である。

モツはテッチャン、丸腸、センマイ、赤センマイ、ハツ、野菜はキャベツ、もやし、ニラ、にんにく、赤唐辛子といったところだ。

鉄板に火が通るにつれて、山盛りの野菜が見る見る縮んで、香ばしい匂いとともに鉄板のくぼみに汁が溜《た》まっていく。具が汁に浸《つ》かるようになったら、食べ頃だ。

明日香は、はじめは尻《しり》ごみしていたが、ひと口食べて、すぐに箸《はし》を伸ばした。おれは韓国焼酎《しょうちゅう》の「眞露《ジンロ》」をロックで呑《の》みながら、モツを中心にたいらげる。

前歯がなくて嚙《か》めないから、ほとんど鵜呑《うの》みに近い。明日香は肉より野菜が好きだから、とろとろに煮えたキャベツを片っぱしから奪っていく。

まもなく具がなくなって、鉄板の上には茶褐色の汁が残った。飯を注文して、それを鉄板の上にあける。それを箸でかき混ぜると、汁気の多い炒飯《チャーハン》のようなものができあがる。いつだったか、大山に教わった食べかただ。

「こうやって喰うのが通なんや」

「辛いけど、おいしい」

明日香は旨《うま》いものを食べると、子どものような笑顔になる。

「もっと喰って、デブれよ」

「なんでよ。もしかしてデブ専?」

「いや。デブったら誰も相手にせんから、もうすこし謙虚になるやろう」

「デブるのは、あんたのほうが早いよ。もうお腹がでてるし」

「バカいえ」

おれは箸を置いて、下腹をさすった。

マンションに帰るタクシーのなかで、明日香のケータイが鳴った。

硬い声で喋《しゃべ》っているから、電話の相手は客らしい。

「わかりました。じゃあ、うかがいます」

電話を終えた明日香が、おれの顔を見た。

「誰や」

明日香は一瞬、口ごもってから、

「堂丸さん。いまから、ちょっと呑もうって」

「なんで堂丸が、おまえのケータイを知っとるんや」

「しょうがないじゃない。あたしのお客なんだから。いまどきケータイの番号を教えないホステスなんかいないよ」

「教えても、でなかったらええやろ」

「だからって、ずっと留守電にしとくわけにもいかないでしょ」

「それで、いまからいくってか」

「このあいだも食事に誘われたの。そのときは断ったけど」

「あいつがどういう人間か知っとるんか」

「ママから聞いたわ。あのひと、誠神会なんでしょ」

「まさか、おれとおまえのことは知らんやろうの」

「あたりまえじゃない。知られたら大変よ」

明日香は運転手に声をかけると、タクシーを停めて、

「ちょっと呑んですぐ帰るから、部屋で待ってて」

おれは返事をしなかった。明日香は溜息《ためいき》をついて、車からおりた。

すこし走ったところで、おれもタクシーを停めて、行きつけのバーへむかった。

明日香が帰るのを、部屋で待つ気にはなれない。いくら客とのつきあいが必要だといっても、堂丸はべつだ。明日香が好意を持っているとは思わないが、相手は極道である。むこうがその気になれば、力ずくでも、ものにするだろう。

路地裏の古びた建物の階段をあがると、「ロック座」がある。

マスターは、長髪を金色に染めた五十がらみの男だ。パンクロッカーの元祖だという噂があるが、極端に無愛想だから経歴はよくわからない。音楽の趣味もよくわからなくて、ストーンズがかかっているかと思えば、プレスリーがかかっていたり、アリス・クーパーがかかっているかと思えば、古賀メロディがかかっていたりする。

洞窟《どうくつ》のように薄暗い店内は、鳴らないジュークボックスだの、中身を食べたら死にそうなガムボールマシンだの、壊れたピンボールだの、がらくたで埋まっている。

カウンターには、いつものように客はいなかった。大型ごみの日に拾ってきたような、坐《すわ》り心地の悪いスツールにかけて、フォアローゼズのロックを呑んだ。

おれは明日香に妬《や》いているのだろうか。

明日香とは、いまのところうまくやっているが、どのみち別れるつもりだった。

もし堂丸に寝取られたら、かえって好都合かもしれない。そう自分をなだめてみたものの、バーボンのせいか、堂丸に対する怒りのせいか、胃袋は熱くたぎっている。

ドアが開いて、スフが入ってきた。

陽に焼けたスキンヘッドに骸骨《スカル》のタトゥーを入れて、目尻と耳にピアスがある。黒のタンクトップがはち切れそうなほど、上半身の筋肉が盛りあがっている。

スフというのは、むろんあだ名で本名は知らない。この店で顔なじみになったが、ゲイのくせに軍事オタクでドラッグ中毒という、ややこしい性格だ。アダルトショップに勤めていて、個人的な趣味で護身用品や合法ドラッグもあつかっているという。

「こないださーあ」

スフは、おれの隣にかけると、オネエ言葉で喋りだした。

「かわいい下着を彼氏にもらったの。サオとタマのところに穴が開いてるやつ。それをタンスに入れたんだけど、さあ穿《は》こうと思ったら、穴がなくなってんのよ」

おれは黙って首をかしげた。

「それでさーあ、うちの婆ちゃんに訊《き》いたら、こういうの。そのパンツは穴ば開いとったけ、ちゃんと縫うちゃったばい、って」

マスターは無表情で、タバコの煙を吐きだしている。仕方なく、おれは笑った。

スフによれば、以前は大麻《ガンジャ》とシャブをやっていたらしい。けれども、たびたび刑務所にぶちこまれるのに厭気《いやけ》がさして、合法ドラッグに転向した。

　そこでブチルニトライトや亜硝酸アミルの中毒になって、それらを吸いまくったせいで、鼻の一部が腐れ落ちてしまったという。鼻の欠け具合がエジプトのスフィンクスに似ているのが、あだ名の由来である。

　ブチルニトライトや亜硝酸アミルは、数年前までビデオクリーナーとして売られていたが、いまは脱法ドラッグとして所持が禁じられている。そこで今度は、大麻に似た作用のある合成カンナビノイドを含んだハーブを吸いまくっていた。ところがこれも禁止になって、吸うものがないとぼやいている。

「この国の奴らってさあ、要するに、気持がよくなるものは禁止したいのよ」

　スフは愚痴りながら、コロナビールをラッパ呑《の》みして、

「オランダは大麻もハシシもコーヒーショップで売ってるし、メキシコじゃ覚醒剤もコカインも微量なら合法なのよ。いっそのこと、移住しようかしら」

「酒で我慢しろよ」

　おれがそういうと、スフはごつい軀《からだ》を寄せてきて、

「じゃあ我慢するから、一緒に呑んでくれる」

　おれは、太腿《ふともも》に伸びてきた手を振り払って、

「呑むのはいいけど、ここはハッテン場やないぞ」

「あんたがノンケなのは知ってるけど、あしたになったら、こういうかもよ。スフの野郎はマジでゲイだぜ。あいつのサオはクソの味がするんだ、って」

おれもマスターも笑わなかった。

スフは恥ずかしそうに身をよじって、もう、といった。


スフと呑みすぎたせいで、「ロック座」をでたのは午前三時だった。べろべろになってマンションに帰ると、明日香はまだ帰っていなかった。それが癪《しゃく》に障って、コンビニで焼酎を買ってくると、ストレートでがぶ呑みした。

そのあと明日香が何時に帰ってきたのか、おぼえていない。

昼すぎに起きたときには、明日香はもういなかった。キッチンのテーブルに、「バカ」と赤ペンで大書した紙があった。

二日酔いの頭痛を缶ビールでごまかしながら、ゆうべの記憶をたどった。

明日香と、どんな会話をしたのか思いだせない。ただ大ゲンカをして、テレビを蹴倒《けたお》したのは、ぼんやりおぼえている。といって、明日香が堂丸となにかあったわけではなかったと思うが、それも曖昧《あいまい》である。

堂丸のことを考えていると、また胃袋が熱くなってくる。おれは、やはり嫉妬《しっと》しているのだろう。明日香がどうのこうのというより、おれを殴りつけて、前歯をへし折った堂丸に、自分の女を奪われるのが悔しいのだ。

けれども、堂丸のバックは誠神会である。なんの後ろ盾もないおれに歯が立つ相手ではないが、だからといって泣き寝入りはしたくない。

いらつきながら缶ビールをあおっていると、ケータイが鳴った。

明日香かと思って電話にでたとたん、

「おれや」

鼓膜を震わすような太い声がした。

おれの上司だった赤城の声である。赤城と話すのは一年ぶりだが、いったいなんの用なのか、懐かしさとともに厭な予感がした。

「いままでどうしてたんですか。連絡もなしに」

「おれは神戸におるんや」

「神戸で、なにをしてるんですか」

「いろいろや。おまえも遊びこいや。おもろいで」

赤城は、妙な関西訛《なま》りでいって、

「最近はブランドもんをあつこうとってのう」

「ブランドもんて、なんですか」

赤城がいうブランドとは、オイルサーディンはサンヨーの缶詰でないとだめだとか、ジンジャーエールは、やっぱりカナダドライだとか、そんなものしか聞いたことがない。

「ヴィトンとかプラダとかあるやろが」

「もしかしてアパレル業界に転職したとか――」

あほか、と赤城はいって、

「ブランドいうてもパチもんや。そっちは、もうじき祭やろうが」

たしかに祇園祭は来週だが、それとブランド品のパチもんがどういう関係にあるのか。ますます厭な予感におびえていると、

「祭で、売れ」

赤城の台詞《せりふ》は未開人のようで不可解だ。おれは不安に駆られながら、

「なにをですか」

「ブランドもんのTシャツがようけあるんや」

「でも、パチもんなんでしょう」

「パチもんでもなんでも、ブランドもんやないか」

「それを誰が売るんですか」

「おまえに決まっとるやないか。露店で売るんや」

「——そんな」

おれは泡を喰《く》って、

「勝手に露店なんかできませんよ」

「心配せんでええ。おれがテキヤの筋に話をつけといたから大丈夫や」

「誰も心配なんかしてませんよ。テキヤなんかやるほうが心配です」

「ごちゃごちゃいうな。ショバ割りまでに商品を送るから、住所をいわんかい」

「おれは仕事があるやないですか」

「知るか。夜は、おまえの手下にでも頼め」

金子の顔を思い浮かべつつ、しぶしぶ承知した。

うっかり機嫌を損ねたら、赤城はいまからでもこっちへきかねない。この部屋の住所を伝えて電話を切ろうとしたとき、そうそう、と赤城はいって、

「おまえの取りぶんは、売上げの二割やからな」

「えッ」

おれが問いかえしたときには、もう電話は切れていた。

いくらの商品か知らないが、売上げの二割しかよこさないとは、ケチにもほどがある。そもそも、どうしておれが露店をやらねばならないのか。ただでさえ面倒なことが多いのに、赤城のせいで一段と憂鬱《ゆううつ》になった。

憂鬱の種は増えるばかりだが、優先順序としては前歯の治療である。歯抜けのままでは、なにをやってもサマにならない。

聖愛医院へいくと、あいかわらず患者はいなかった。

いつものイメクラ嬢が受付でケータイをいじっているだけだ。

「きょうは、どうされました」

まぬけなことをいうイメクラ嬢に診察券を渡した。初診でもないのに、どうしたもこうしたもないが、そういうおれもぼんやりしていて、

「金子さん、診察室へどうぞ」

イメクラ嬢から呼ばれても、すぐには自分のことだとわからなかった。

消毒液の臭いがする廊下を歩きながら、このあいだとはちがう医者が担当にならないかと思ったが、きょうも初老のヤブ医者がでてきた。助手もやっぱり象だった。

ヤブ医者によれば、きょうは神経を抜くという。

神経を抜くのははじめてだから、緊張で身を硬くしていると、

「もうちょっとリラックスせいよ。痛かったら、痛いといえ」

ヤブ医者はそういって、麻酔を上顎《うわあご》の裏に打った。注射器の針が顎の骨に突き刺さっているような感触で、すでにものすごく痛い。我慢できずに痛いというと、

「麻酔で痛がってどうするんや」

ヤブ医者は相手にしてくれない。痛いといえといったのに、なんの意味もない。

麻酔のあと、折れた歯を削るのだが、きゅんきゅんと耳障りな音をたてるドリルのような機械を見ただけで気分が悪くなる。しかしそれは序の口で、ドリルの先端が折れた歯に触れたとたん、脳天を突き抜けるような激痛が走った。

「痛いッ」

思いきり悲鳴をあげたのに、ヤブ医者は平然として、

「我慢せい。痛みは生きているあかしや」

グリーンベレーの上官みたいなことをいって、なおも歯を削ろうとする。

拷問される捕虜のようにもがいていると、ヤブ医者は、さすがに首をかしげて、

「なんで、こんなに効かんのかいな」

もっとも、麻酔がまったく効かないわけではなく、唇は痺《しび》れて感覚がない。歯の神経だけが敏感なのだ。それから麻酔を何本か打ったが、いっこうに効かない。

ははん、とヤブ医者はいって、

「おまえは大酒呑《の》みやろ。酒呑みは、どういうわけか麻酔が効きにくいんや」

「どうしてですか」

「知らん。そもそも麻酔ちゅうのが、なんで効くのかも現代の医学じゃわからんのや」

そんなバカなと思ったが、医学などどうでもいい。

なんとか痛くないようにしてくれと懇願すると、

「まあええか。どうせシャブ中じゃしの」

ヤブ医者は投げやりにいって、次々に麻酔を注射した。口はおろか顔全体が痺れるほど麻酔を打つと、ようやく痛みがなくなって、神経を抜くことができた。

痺れた口をさすりながら、事務所に顔をだすと、大山はいなかった。

応接用のソファで、矢崎が週刊誌を読んでいる。ソファの横には、見るからに高級そうなゴルフバッグが置いてある。

矢崎は笑顔で、それをぽんぽんと叩《たた》いて、

「このあいだはありがとう。おかげで、こういうのも買えたよ。うちの客の店だから、半額だったけど」

「値下げしろって、おどしたんじゃないんですか」

「ひと聞きの悪いことといっちゃだめだよ。ぼくは社長とちがって紳士なんだから」

事務長の小林がソロバンの手を止めて、微笑している。小林は社長をひと一倍怖がっているくせに、誰かが悪口をいうと、こっそり笑う。

「そういえば、無断欠勤のボーイはどうなったんですか」

「ああ、あのバカふたりでしょ」

うふふ、と矢崎は笑って、

「あのあと連絡があって、病院にいってたっていうんだよ。社長は首やってわめいてたけど、ぼくが給料カットで許してやった」

矢崎が笑うときにはなにかある。

「病院って、どこか悪かったんですか」

「それが、どうしようもないバカなんだよ。ほら、やくざもんが亀頭に玉を入れるだろ。あ、チーフも入れてるか」

「冗談やないですよ。おれは痛いのだめですから」

おれは、いまだに痺れた唇をさすった。

そういえば、赤城も玉を入れていて、雷様の棍棒《こんぼう》のような代物を見せられたことがある。

赤城は自分で入れたといったが、昔は懲役中の受刑者が歯ブラシの柄を削ったのを入れるのが多かったらしい。

赤城に聞いたところでは、玉の入れかたは意外に簡単だった。

まず適当な大きさのシリコンかプラスチックを球状にする。次にマイナスのドライバーか細めの鑿《のみ》を研いで、平べったく尖《とが》らせる。刃物のようになったそれを炎で消毒してから、亀頭の皮に突き通す。あとは傷口から玉を入れて、しっかり包帯を巻くだけだ。

手順はそれだけだが、赤城はここからが重要だといった。傷口がふさがったら、こまめに玉を動かさねばならない。そうすることによって、玉は一定の場所にとどまらず、皮と海綿体のあいだを動くようになるという。

「これで女が喜ぶんや」

赤城は得意げに笑ったが、当時、彼がつきあっていた女は、おれに耳打ちして、

「ちっともよくないから、やめとき」

ボーイのふたり組も、赤城とおなじ方法で、ひとりが玉を入れるのを手伝っていたが、亀頭の皮にあてがったドライバーが勢いあまって、亀頭自体を串刺《くしざ》しにしたらしい。

「それで血まみれになって、救急病院にいったっていうんだよ。どう説明していいかわからなくて、店にも電話できなかったって――」

バカだよね、と矢崎は苦笑した。

「医者もたまげたでしょうね」

「男ふたりで、なにやってたんだ、ってね」

ふと奇妙な声に背後を見ると、小林がソロバンに顔を伏せて、ひくひくと笑っていた。

事務所をでてから、仕込みをすませて店に入った。

しだいに麻酔が切れてきて、神経を抜いたあとがじんじんする。

定時になって、明日香が出勤してきたが、おれがにらむと、ぷいと横をむく。周囲の眼が気になって、話ができないのがもどかしい。

休み明けのきょうは、十時をすぎてもひまだった。明日香の客の銀行員がひとりいるだけで、あとが続かない。ママの香織は、あちこち勧誘電話をかけているが、手ごたえはなさそうである。見かねて、志穂と宏美にビルの入口でキャッチをやらせた。

「四千円で呑《の》み放題、いかがですかあ」

ふたりは黄色い声で叫んでいるが、いったん店に入れば四千円ではすまない。呑み放題といっても時間は三十分だし、女の子の呑みものは別料金だから、小一時間もいたら一万円はかかる。

それでも、いかがわしい呑み屋のキャッチにひっかかるよりは、はるかにましだ。

東京あたりのぼったくりバーは、客に何杯か呑ませたあとで、法外な請求書を突きつけるようだが、こっちのぼったくりバーは、そんな手間のかかることはしない。

酒に睡眠薬をぶちこんで、一気に眠らせてしまう。昔は目薬を入れていたらしいが、いまの目薬には神経麻痺《まひ》剤が入っていないので、あまり効果がないらしい。

客が昏睡《こんすい》状態、いわゆるマグロになったら、身ぐるみ剝《は》いで放りだす。ずぼらな店はそのまま通りに転がしておくが、店によってはマグロを車に乗せて、遠くまで捨てにいく。

どちらの場合も路上で寝ることになるから、車に轢《ひ》かれたり、悪ガキのおもちゃになったり、寒い季節は凍死したりする。それでもあまり検挙されないのは、客の記憶が飛んでいて、店を特定できないからだ。

志穂と宏美のキャッチも成果がなく、ようやく客がきたのは十二時前だった。

グレーのスーツを着た、二十代なかばくらいの男だった。営業マンのような鞄《かばん》をさげているから出張かもしれない。

男は、きょろきょろと落ちつかない様子で、カウンターの椅子に腰をおろした。若い男が一見で入ってくるのは珍しいが、たいした売上げにはならないだろう。

「いらっしゃいませ」

気のない声でいって、おしぼりを差しだした瞬間、眼を疑った。髪型も服装もすっかり変わっているから気づかなかったが、男の顔には、はっきりと見おぼえがあった。

「もしかして、佐倉か」

おずおずと訊《き》いたとたん、男は眼を見開いて、のけぞった。

やはり、まちがいない。東京で別れたきりの佐倉だ。

佐倉は、あっけにとられた表情で、

「どうして、おまえがここにいるんだ」

「それは、こっちの台詞《せりふ》や」

「出張でこっちにきたんだよ。しかし驚いたな」

佐倉は、まだ驚きから醒《さ》めないといった顔でおれを見ている。

「すごい偶然やな。何年ぶりかな」

「ああ、何年ぶりだろう。おまえが水商売をやってるとは知らなかったよ」

「そういうおまえは、サラリーマンみたいな恰好《かっこう》しとるけど、なにやっとるんか」

「ちっぽけな会社勤めだよ」

「佐倉がサラリーマンとは、信じられんの」

「おたがいさまだろ。おれは、おまえが働いてるだけで不思議だよ」

北九州へ帰ってきたのが十九の頃だから、あれからもう六年になる。

新宿でチンピラたちに追われて、電車のなかで別れて以来、佐倉とは逢《あ》っていない。

こっちに帰ってからも何度か電話したが、連絡はとれなかった。

「あんときはどうした。うまく逃げたのか」

おれが訊《たず》ねると、佐倉はうなずいた。

「ずっと気になっとったんや。無事なら、なんで電話してこんのや」

「すまん。逃げる途中でケータイを落としちまって、電話番号がわからなかったんだ」

「冷たい奴やのう。そんなくだらない理由で、音信不通になるか」

「だって、おまえは住所不定だし、連絡しようがねえだろ」

「今度はケータイを落とすなよ。ってか、おれの番号くらいおぼえろよ」

おれと佐倉は、さっそくケータイの番号を教えあった。

佐倉の水割りを作っていると、志穂と宏美が近寄ってきた。ふたりは、二枚目の佐倉が気になるようで、しきりに口をはさむ。

「佐倉さんって、かっこいい名前ですね」

「そうかな」

と佐倉は首をかしげた。

本名は李《リ》なんとかのくせに、すましてやがる。おれは内心で舌打ちをした。

「どこからこられたんですか」

「東京だよ。さっき着いたばかりでね」

「うわ、東京だって。かっこいい」

ふたりは歓声をあげた。

「お仕事はなんですか」

「雑貨のバイヤーだよ」

「うわ、かっこいい」

この女どもは、かっこいいしかいえないのか。おれは溜息《ためいき》をついて、

「ちょっと都会の人間がきたら、このざまや。こっちは田舎やろ」

「いや、思ったより都会で驚いたよ」

「ねえ、バイヤーってなんだっけ」

と志穂がいうと、宏美は首をかしげて、

「テレビによくでてるじゃん。ジャックなんとかって」

「それはバウアーだろうが」

と突っこんでも、志穂と宏美はおれを無視して、べらべらと質問を続けている。佐倉にあとで呑もうといって、キッチンにひっこんだ。

まさか佐倉がサラリーマンになるとは思わなかった。まともな仕事に就いたのはうれしいが、自分だけ取り残されたような感じもする。

冷凍庫で冷やしたストリチナヤを舐《な》めていると、明日香が入ってきた。

明日香は険しい顔で、タバコの煙を吐きだしながら、

「けさのこと、おぼえてる?」

「すこしな」

「なにがすこしよ、家じゅうひっくりかえして。あたしになんていったと思う」

おれは首をひねった。

「おまえなんか、堂丸の女になればええんや、って」

「でかい声をだすな」

「いっとくけど、あんなひと好きじゃないよ。あんたみたいなバカも嫌いだけど」

「わかっとる」

「わかってないじゃない。ひとにぼろくそいって。ゆうべだって、しつこくホテルに誘われたけど、無理やり振りきって帰ったんだから」

明日香がそういったとき、香織がドアを開けて、

「ねえ、堂丸さんがきてるけど。明日香ちゃんいるかって」

「噂をすれば、なんとかね」

明日香はタバコを揉《も》み消すと、キッチンをでていった。

堂丸は、明日香を口説くのに、いよいよ本腰を入れてきたらしい。

極道が女を口説くときの強引さは、よく知っている。彼らは眼をつけたら最後、金であれ暴力であれ手段を選ばない。

明日香は気丈なところもあるが、まだ若い。

放っておけば、まちがいなく堂丸の餌食《えじき》になるだろう。いったん関係ができると、女は弱い。なんらかの理由で男から逃げられなくなれば、たいていの女は、そいつの長所を探そうとする。最初は嫌いだったけど、だんだん好きになったというやつだ。

それは女の狡猾《こうかつ》さかもしれないし、環境に適応できるという点では、強さかもしれない。いずれにせよ、自分の嘘を信じられる奴は幸せだ。むろん、おれだって気づかぬうちに、自分に嘘をついているだろう。だが、堂丸と明日香の件では、自分の意志を曲げたくない。

チーフ、と声をかけられて、われにかえった。

いつのまにか、ドアから宏美が顔をだしていて、

「フルーツの盛合せ、お願いします」

「どこ?」

「堂丸さんとこです」

おれは溜息をついて、椅子から腰をあげた。


フルーツの大皿を持ってカウンターにでると、堂丸は黒いスーツを着て、代紋の入ったバッジを襟につけていた。太い手首にダイヤだらけのピアジェをはめて、シャツの袖口《そでぐち》からは刺青《スミ》を覗《のぞ》かせている。

堂丸は、もう自分がその筋だというのを隠す気がないらしい。つまり、それだけナメられたということだ。

堂丸の隣には、やはり黒いスーツを着た三十歳くらいの男がいる。この男も同業らしく、これみよがしに欠けた小指を立てて、水割りのグラスをあおっている。

「おお、チーフやないか」

堂丸は、わざとらしく声をあげて、

「わしがせっかくきとるのに、あいさつもなしで冷たいのう」

「いえ、ちょっとばたばたしていたもので」

「こんなひまな店で、なにをばたばたするんや。のう、兄ちゃん」

堂丸は、カウンターの端に坐《すわ》っている佐倉にいった。

佐倉は困ったような笑顔で、うなずいた。

「ほら見てみい。あの兄ちゃんも変やいうとるど。まあ、呑《の》めや」

堂丸はバランタイン三十年のボトルを握ると、八タンのグラスになみなみとウイスキーを注いだ。八タンというのは八オンスタンブラーの略だ。

「駆けつけ三杯や。一気に呑め」

「いただきます」

グラスを持って、ひと息にあおった。喉《のど》が焼け、胃が一瞬で燃えあがった。もっとも、酒が上等なだけに、さほど苦しくはない。

明日香が不安げな視線をむけてくる。おれだって、こんな男の酒は呑みたくないが、ここで逆らえば、また因縁をつけてくる。

「やっぱりチーフは強いのう。もう一丁いけ」

堂丸は、おれのグラスにふたたびウイスキーを満たした。

「いただきます」

すこしむせたが、喉を鳴らしてグラスを空にした。

「ごちそうさまでした」

おれは慇懃《いんぎん》に頭をさげた。

「ええ呑みっぷりやなあ。のう蛭川《ひるかわ》」

と堂丸は隣の男にいった。

「チーフは、なんぼでも呑むんや。こげな大酒呑みにストレートで呑ませとったら、高い酒がもったいないわい。おい明日香、チーフに水割りでも作ったれ」

わははッ、と堂丸は豪快に笑ったが、眼は笑っていない。暗く濁った瞳《ひとみ》が探るように、おれを見つめている。

明日香が水割りを作って、おれの前に置いた。

「伯父貴《おじ》も、このチーフくらい酒が強かったらのう」

堂丸は、蛭川と呼ばれた男にいって、

「ちょっと呑んだくらいで、あんだけ酒癖悪かったら、かなわんわい」

「このあいだの伯父貴には、マジで往生しましたなあ」

蛭川はメロンを頬張りながら、うなずいて、

「あの若い衆は、どうなったですか」

「どうもこうもないわ。伯父貴にビール瓶で頭どつきまわされて、救急車や。医者がいうには頭蓋骨《ずがいこつ》が割れて、脳味噌《のうみそ》にビールが入っとったちゅう話や」

「そら死ぬんやないですか」

「どうかの。脳味噌でビール呑んだら、死ぬまで酔っぱらっとるんやないか」

血なまぐさい話にうんざりしていると、堂丸は蛭川に顎《あご》をしゃくって、

「こいつは、わしの舎弟や。これから、ちょくちょく寄ると思うけ、よろしく頼むわ」

舎弟までこられては、ますます鬱陶《うっとう》しいが、うなずくしかなかった。

「ところで、明日香ちゃん」

と堂丸は、急に猫なで声になって
「ゆうべは忙しかったみたいやけど、きょうはつきおうてくれるやろ」

えッ、と明日香は眼をしばたたいて、

「きょうは、ちょっと——」

堂丸は笑顔で、皿のオレンジにフォークを伸ばしながら、

「ちょっとて、なんや」

「いえ、たまには早く帰らないと」

「たまに帰るんは、あしたにしいや」

「——でも」

明日香は口ごもった。

「でも、なんや」

堂丸はフォークに刺したオレンジを投げだした。顔から笑いが消えている。

香織は、ふたりを交互に見ながら、おろおろしている。こういうときにうまくとりなすのがママの役目だが、香織はまるで頼りにならない。

そういうおれも突っ立っているだけで、なにもできない。かといって、明日香が連れ去られるのを黙って見ているのか。堂丸が明日香に手をあげたら、どうすればいいのか。

おれはキッチンの包丁を思い浮かべた。

いざというときは、あれを使うべきだと思ったが、そんな度胸があるかといえば疑問だった。堂丸に立ちむかう自分を想像しただけで、腋《わき》の下に冷たい汗が湧いてくる。

「どうするんか。はよ返事せんかい」

堂丸が、とうとう声を荒らげた。明日香はうつむいて答えない。

思わず口をはさもうとしたとき、どすんッ、と大きな音がした。

音のしたほうを見ると、佐倉が椅子もろとも床に転がっている。堂丸と蛭川も、ぽかんとした顔でそれを眺めている。

佐倉は、いったん立ちあがりかけたが、

「あいたたたッ」

大げさな悲鳴をあげて、尻餅《しりもち》をついた。志穂と宏美が駆け寄って、

「大丈夫ですか」

「すみません。ちょっと呑みすぎたみたいで」

佐倉は苦笑しながら、よろよろと立ちあがって、

「もうだめだ、そろそろ帰ります」

おれが勘定書を持っていくと、佐倉は、ちらりと目配せをした。志穂と宏美が見送りにいこうとするのを制して、佐倉と一緒に店をでた。

「おい、ナイスフォローだったろ」

佐倉は、にやにやしていった。

わざと転んで、堂丸たちの気をそらしたといいたげだったが、おれとしては店にいてくれたほうが心強かった。佐倉はビルの廊下を歩きながら、

「呑み屋も大変だな」

まあな、とおれはいって、

「これからどうする。まさか帰るなんていうなよ」

「ちょっと風にあたってくる。店は何時までだ」

「一時だ」

「じゃあ、そのくらいにまたくるから、店で待っててくれ」

店にもどると、いくらか様子が変わったようで、雰囲気がなごんでいる。

「なんや、いまの兄ちゃんは。あんなに酔うて大丈夫か」

と蛭川が訊《き》いた。おれは苦笑して、

「いや、だめみたいです。外でもドブにはまってました」

「あほなやっちゃなあ」

と蛭川が笑った。堂丸も、かすかに笑みを浮かべた。

明日香がその瞬間を待っていたように、頰を膨らませて、

「もう堂丸さんが怖い顔するから、お客さんがひっくりかえったでしょ」

「バカいえ。どこが怖い顔じゃ」

「いやあ、兄貴の顔はやっぱり怖いすよ」

と蛭川がいった。

「やかましい。おまえは黙っとれ」

堂丸は怒鳴ったが、さっきまでの殺気は消えていた。

「それで、きょうはどうするんか」

堂丸は明日香にむかって、じれったそうに訊いた。

「じゃあ、お食事だけ」

と明日香は明るい声でいって、

「それと、ママが一緒にきたがってるんですけど——」

えッ、と香織が眼を白黒した。

「なんや。飯だけのうえにママまでくるんかい。しゃあないの」

香織はそんな話は聞いていないという表情だが、明日香はそれを無視して、

「やったあ。じゃあ、お鮨《すし》がいいな。ね、ママ」

「さっきまで厭《いや》やいうとったくせに、いざとなったら喰《く》い意地が張っとるのぅ」

堂丸は明日香のペースに乗せられて笑っている。

明日香が、いつもの調子を取りもどしたようで、ほっとした。堂丸と食事へいくのは不満だが、きょうは香織も一緒だから、どうにかなだめて帰ってくるだろう。

だが、これからも堂丸の誘いを断り続けるのはむずかしい。おれが表立って、明日香の

男だと主張できればいいが、この店にいる以上、それはできない。もっとも、相手は堂丸だから、おれが明日香の男だと知ったら、かえってむきになるかもしれない。

女たちが帰ったあと、急いでレジを締めた。

とっくに一時をまわっているが、佐倉はもどってこない。足拭《あしふ》き用のマットを片づけていると、ビルの裏から男の怒鳴り声が聞こえてきた。

店をそのままにして外の様子を窺《うかが》うと、男がふたりいた。金髪で背の高い男が、もうひとりの男をビルの壁に押しつけている。よく見たら、からまれているのは佐倉だった。

「なんで、ガンたれるんじゃ。おれが誰か知っとるんか」

金髪の男は、Tシャツの袖《そで》からタトゥーを覗《のぞ》かせて、威勢よく怒鳴っている。割って入ろうかと思ったが、佐倉が動揺していない様子だから、ビルの陰からこっそり眺めていた。

「返事せんか、こらッ」

「おまえさあ。なにいってんのか、わからねえんだよ」

佐倉は壁に押しつけられたまま、わざとらしい東京弁でいった。

「なんやと。くらしあげるぞ、きさんッ」

男が巻き舌で怒鳴ったとき、はっとした。男の鼻には、大きな絆創膏《ばんそうこう》が貼ってある。そのせいで気づかなかったが、トライバルのタトゥーには見おぼえがある。

誰かと思ったら、駅前でおれにからんできたキティちゃんだ。もっとも、きょうはキティちゃんのサンダルではなく、スニーカーを履いている。

キティちゃんには負ける気がしないが、殴られでもしたら歯に響く。おれは全速力で店にもどって、キッチンに仕掛けてあるゴキブリホイホイを点検した。

ひとつひとつ覗いていくと、粘着シートの半分くらいがチャバネゴキブリで埋まったのがあった。恐る恐る蓋《ふた》を開けたら、ゴキブリどもはまだ生きていて、触角や翅《はね》を動かしている。それを持って、ふたたび店をでた。

ビルの裏では、まだキティちゃんが凄《すご》んでいた。佐倉の胸ぐらをつかんで、一触即発という雰囲気である。おれは足を忍ばせて、背後に近づいた。

「よう、キティちゃん」

肩を叩《たた》くと、キティちゃんは弾《はじ》かれたように振りかえった。

おれを見たとたん、このあいだの怒りが蘇《よみがえ》ったようで、

「またおまえか。きょうは、マジでぶっ殺すぞ」

顔を真っ赤にして怒鳴った。

次の瞬間、金髪頭のてっぺんに、蓋を開けたゴキブリホイホイを押しつけた。

キティちゃんは自分の頭に手をやって、あ、といった。

「無理に剝《は》がすなよ。ハゲるぞ」

おれは忠告したが、キティちゃんはそれを無視して、ゴキブリホイホイをひっぱった。

むろん簡単にとれるはずもなく、ゴキブリまみれの粘着シートが金髪に貼りついている。

「てめえ、マジ殺すぞ。なにをくっつけやがった」

「ゴキブリホイホイだよ。チャバネゴキブリつきのな」

キティちゃんは、ようやく事態を理解したようで、青い顔になった。ゴキブリホイホイを頭にくっつけたままで凄むのは、かなりの難題である。

佐倉は腹を抱えて笑っている。

「おい、とってくれよ」

キティちゃんは哀願の口調になって、こっちに近づいてきた。粘着シートでべたべたになった金髪には、無数のゴキブリがからみついている。

「やめろ、くるな」

おれはキティちゃんを突き飛ばすと、佐倉をうながして走りだした。


キティちゃんに見つからないよう、おれと佐倉は店に隠れていた。

佐倉はまだ笑いが止まらないようで、荒い息をしながら、

「ひでえな、おまえは。やることがえげつないよ」

「なにがひでえよ。おまえを助けてやったんやろうが」

「助けてくれなくても、あんなバカにやられはしねえよ」

「嘘つけ。サラリーマンなんかやっとるから、気弱になったんやないか」

かもな、と佐倉は力なく笑った。おれは意外な答えにとまどいつつ、

「それで、なにを揉《も》めとったんや」

「なんにもない。おまえの店にいこうとしてたら、突然からまれた」

「気をつけろよ。この街には、ああいうのが多いんや」

「そういえば、さっきの奴がいってたけど、くらしあげるぞ、って、どういう意味だ」

「こっちの方言で、殴るのを、くらすっていうんや。ほかにも、にやしあげる、とか、しまやかす、とかいろいろあるけどな」

「意味はよくわからんが、迫力はあるな。どんな目に遭わされるか、楽しみになる」

「こっちは極道とか博打うちが多いから。ガラの悪い言葉が多いんや」

「せっかくだから、おぼえて帰ろうかな」

「似あわんから、やめとけ」


頃合いを見計らって店をでると、キティちゃんはもういなかった。

佐倉を連れて「伝八《でんぱち》」にいった。「伝八」は、遅くまで開いている焼鳥屋で、ここの大将も「ロック座」のマスターに負けず劣らず無愛想だが、焼鳥は旨《うま》い。

カウンターだけのせまい店内では、白髪頭の大将が汗まみれで焼き台にむかっている。大将が手慣れた仕草で串《くし》をかえすたび、焼き台の備長炭に鶏の脂がしたたって、じゅッ、と白い煙があがる。

あらためて再会を祝って、佐倉と生ビールで乾杯した。

佐倉が勤めているのは、日用雑貨をあつかう問屋で、九州には新商品の展示会にきたという。就職して五年になると聞いて、おれは感心した。

「ようそんなに長く勤まるな。仕事は楽しいんか」

「だめだな。おれみたいな中途採用は、上の人間の顔色を窺ってばかりだ」

皮、四つ身、鶏肝、砂ずり、豚バラ、ボンジリ、軟骨と、キャベツを盛った大皿に、焼きあがった串が置かれていく。

佐倉は、よほど腹が減っていたのか、次々に串をたいらげて、

「九州の鶏は旨いな」

「そうやろう」

おれは自分が作ったような顔をして、うなずいた。郷土愛などないつもりだが、地元の喰いものをほめられると、うれしくなる。

「この串はなんだい」

「それは、豚バラ」

「これも旨い。でも東京にはねえな」

佐倉は、付合せのキャベツも珍しがって、ぱくぱく食べている。こっちの焼鳥は、酢醤《すじょう》油《ゆ》をかけたキャベツがつくのがふつうだ。

ビールのあとは芋焼酎《いもじょうちゅう》のロックを注文した。佐倉は、芋焼酎は苦手だといったが、無理に呑《の》ませると、旨いといっておかわりした。

「芋は、はじめて呑んだんか」

「前に東京で呑んだのは臭くてな、こんなに旨いのがあるとは知らなかった」

佐倉が喜ぶのに気をよくして、おれは地元の喰《く》いものについて、あれこれ講釈した。

つい自慢しすぎたかと思ったが、

「喰ってみたいなあ」

佐倉は、しみじみとつぶやいた。身なりは悪くないものの、学歴もない中途採用では貧乏しているのかもしれない。

佐倉は、あと三日ほど北九州にいるといった。

「じゃあ、たまには羽根を伸ばせよ。案内したいところが、いっぱいあるんや。あしたも、うちの店にこいよ」

おれがそう勧めると、佐倉はうなずいた。

明日香のマンションに帰ってきたのは、明け方近かった。

細沼のおかげでパチンコの打ち子ができなくなってから、すっかり寝坊がちになった。眼が覚めたときには、もう昼の一時をすぎていた。

明日香は隣で、いまだに眠っている。

「もう昼すぎやぞ。たいがいで起きれや」

おれが尻《しり》を蹴飛《けと》ばすと、明日香は、だるそうに薄目を開けて、

「だって、ゆうべ寝るのが遅かったんやもん」

「おれが帰ったときは、もう寝てたやないか」

「朝早く起きたら、それっきり眠れなくなったの」

「なんで」

「玄関のドアをいじっているみたいな音がしたのよ。それで眼が覚めて、玄関を見にいったら、ばたばたッ、って足音がして、誰かが逃げていったの」

「なんで、おれを起こさない」

「起こしたわよ。でも大いびきかいてて、ぜんぜんだめ」

「どうせセールスか宗教やろ。いまどきオートロックもないマンションに住んどるのが、そもそも問題なんや」

「オートロックがなくて悪かったわね。厭《いや》なら、よそに住めば」

おれは、すぐさま話題を変えて、

「ゆうべは、堂丸とどこへいった」

「お鮨《すし》屋さん。でも、堂丸さんは急用ができたからって、連れのひととでてったけど」

「あれだけしつこく、おまえを誘ってたのにか」

「誰かとケータイで喋《しゃべ》ってたから、なんかあったんじゃない。あたしとママはラッキーって、お鮨ばくばく食べちゃった。どうせ、あのひとのツケみたいだし」

「あいつに借りを作るな」

「でも、なんでも好きなもん喰えっていったもん」

「ああいう連中とつきあうと、そういうのが、あとで借りになるんや」

「そんなの知らない。でも、また店にきたらどうしよう」

「くるに決まっとるやろうが。次こそ、やらせろっていってくるぞ」

「やだ。どうしたらいい？」

「まあ心配するな。なんか考える」

そうはいったものの、なんの手立ても思いつかない。

昼飯にカップラーメンを啜《すす》ってから、シャワーを浴びた。

明日香は、おれより遅い出勤なのをいいことに、午後は必ず昼メロを観る。このところ観ているのは「ぬかるみの女」という、えらく昔のドラマの再放送だ。なにがおもしろいのか、ひとりできゃあきゃあ笑ったり、ときには目頭を押さえていたりする。

さっきまでは堂丸のことで悩んでいるそぶりだったのに、まるで緊張感がない。いまいましい気分で服を着ていたら、ところでさあ、と明日香が訊《き》いた。

「きのう店にきてた男前のひとって、誰？」

「佐倉か。おれが東京にいた頃のダチだ」

「ゆうべは一緒に呑んだの」

「ああ」

「志穂ちゃんも宏美ちゃんも、佐倉さんに気があるみたい」

「そりゃいい。どっちでもええから一発やらせて、こっちにひきとめろ」

「なんで、そういう下品な発想しかできないの」

「どこが下品や。気があるってのは、要するに一発やりてえってことだろ」

あっそ、と明日香はいって、

「だったら、あたしが誰かとそうなってもいいの」

「なんで、いつでも自分の話になるんや」

「いいじゃない。あたしの質問に答えてよ」

「おまえの質問って、なんや」

「だから、あたしがほかのひとと、なにかあったらどうなの」

「知らん。勝手にしろ」

「ほんとにそれでいいの。厭なら厭っていえばいいのに」

「なんで女っていうのは、そんな面倒くさいことばっかり訊くんや」

「ちょっと、誰にそんなこと訊かれたの」

「誰って、一般的な女のことや」

おれは曖昧《あいまい》に返事をすると、逃げるように部屋をでた。

やはり、この女は堂丸に渡したほうがいいかもしれない。バカげたやりとりをしていると、半分くらいはそんな気持になってくる。といって宿なしにはなりたくない。

そんな打算をするのは卑怯《ひきょう》な気もするが、そう思ってしまうものは仕方がない。女だって愛情ばかりを売りにする反面、細かい計算をしているはずだ。ただ女の場合は、それを自覚しないという強みがあるから、口ゲンカをするだけ時間のむだである。

そもそも、おれの場合は、女とまともにつきあったことがない。

佐倉と別れて、東京から逃げ帰った頃もそうだった。

地元にもどってきたものの、勘当されている身では実家で暮らすわけにもいかなかった。ただ実家に忍びこんで、おやじのタンス預金をくすねることはした。

その金を元手にパチンコを打って、サウナで寝泊まりした。二千数百円の入浴料を払って、仮眠室のソファで眠る生活だ。田舎町だけに、当時はまだ連泊できるようなネットカフェはなかった。

パチンコの稼ぎにゆとりができると、安いキャバクラに通った。

遊びで通ったわけではなく、女の家に転がりこむのが目当てだったが、もくろみはうまくいって、その店の女と同棲《どうせい》するようになった。

同棲しはじめてわかったが、女は十歳も年上で、小学生の子持ちだった。亭主はトラックの運転手だったが、博打《ばくち》の借金を残して逃げたまま、行方不明だという。

おれはなかばヒモのような状態で、昼間はパチンコを打ち、夕方には学校から帰ってきたガキと一緒に飯を喰った。夜は女をキャバクラに迎えにいって、帰りにはスナックやバーで呑む。どういうわけか、ガキの授業参観にいったこともある。

女は、おれのほかに弁護士とデパートの課長とできていて、ふたりから金を受けとっていた。どちらも女を囲うほどの金がないのか、そこまでの気がないのか、ときおり女を呼びだしては寝るだけの関係だった。

女はそれを隠さなかったし、おれもはじめは平気だったが、しだいに不快になってきた。そのうち我慢ができなくなって、ふたりの男と別れるよう、女をかき口説いた。女はおれが妬《や》くのを喜んでいるふしもあって、あっさり関係を絶った。

おかげで収入は一気に減った。キャバクラの収入だけでは生活費に足りず、むろんおれの稼ぎはあてにならない。

やがて女の提案で、それまで住んでいたマンションを引き払い、木造の一軒家に移り住んだ。一軒家というと豪勢なようだが、陽のあたらない廃屋のような家だった。

女はそこで生活保護をもらいはじめた。もちろん、おれが同居していることも、女が働いていることも秘密である。したがって民生委員だか保護司だかがくるたびに、おれは急いで雲隠れした。

そんな生活を続けるうちに、ふと呑《の》み屋で働くことを思いついた。高校をでてから就職など考えたこともなかったが、毎晩のようにスナックで呑んでいると、これなら自分にもできそうだと思った。

ちょうどパチンコにも愛想が尽きていた頃で、はじめて履歴書を書いて、面接にいった。それがいまの「ギルビー」で、おれは二十一歳になっていた。

二年ほど経って、水商売にも慣れた頃、女が持って帰る金がやけに多くなった。指名が増えたからと女はいったが、額が多すぎる。女を問いただすと、いつのまにかキャバクラを辞めて、ファッションヘルスに移っていた。

自分の女がヘルスで働くのは心地よくなかったが、金の魅力には抗《あらが》えなかった。おれは、女の手作業の練習台になったりしながら、せっせと押入れに貯めてある金を抜いた。その金で毎晩のように呑み歩いた。

女は、酒を呑むぶんにはなにもいわなかったが、女遊びには猛然と怒った。

ある夜、酔っぱらって家に帰ると、女がおれの荷物を手あたりしだいに窓から捨てていた。翌日になっても、女の機嫌は直らずに、家をでるはめになった。

おれはビジネスホテルに泊まって、そこから店に通った。

朝早くチェックアウトで追いだされるから、日中は時間があまる。そこで、いったんは足が遠のいていたパチンコ屋に通うようになった。

その店が「マルタマ会館」で、店長の細沼と顔なじみになって、打ち子に誘われた。金子と出逢《であ》ったのも、ちょうどその頃だ。

そんな暮らしを一年も続けていると、打ち子のおかげでいくらか金が貯まってきた。どこかに部屋でも借りようかと考えている矢先に、明日香とできてしまった。ホテル暮らしに飽き飽きしていたおれは、これ幸いと彼女の部屋に住みついたのだった。

七月もなかばをすぎて、陽射しは一段と強さを増している。

祇園祭が間近とあって、太鼓を練習する音も、ますます勢いづいてきた。気分がいいときに聞けば風情があるが、気分がささくれだっているときには、暑さを掻《か》きたてる。

聖愛医院は郊外にあるだけに、セミの声もうるさい。太鼓とセミが重なったりすると、騒音おばさんと一緒にサウナに入っているような気分で、頭の血管が切れそうになる。

聖愛医院の唯一の取り柄は、いつもひまだから、予約がいらないことだ。

受付のイメクラ嬢は、患者の顔をおぼえるという習慣がないらしく、

「きょうは、どうされました」

と、おなじ質問を繰りかえす。帰るときには判で押したように、

「お大事にー」

と無表情でいう。

歯科助手の象は、愛想がないという点ではガネーシャの石像のほうがまだましだし、ヤブ医者はあいかわらず横暴だ。

きょうは冷たい粘土のようなものを歯茎に押しつけて、歯の型をとられた。差し歯の前に仮歯というのを作るらしい。

ヤブ医者は、前歯の治療にきているのに、ほかの歯もいじくりまわして、

「おまえの歯は、どこもかしこも虫歯だらけや。これじゃ女にモテんやろう」

「――そうでもないですけど」

おれは、むっとしていったが、

「いや、モテん」

とヤブ医者は断言して、

「この調子やと、中年になった頃には総入れ歯や。どうせなら、いまのうちにぜんぶ抜いとったほうがええんやないか」

よけいなお世話だといいたかったが、荒っぽい治療をされるのが怖くて黙っていた。まったく口の減らない爺《じい》さんで、死んだタケの歯を抜いたのは、この医者かもしれない。

事務所では、きょうも大山が新井を怒鳴りつけていた。

「あのクソ坊主にあれだけ銭を包んだのに、どうなっとるんや」

「申しわけありません」

新井は、ぺこぺこ頭をさげて、

「どうもお祓《はら》いの効き目がなかったみたいで――」

坊主だのお祓いだの、うちの会社とはまったく縁がないだけに、なんで揉《も》めているのかわからない。

「なにがでるんか知らんが、もうおまえの店に遣う銭はないぞ」

「でも客のあいだで噂が広がってまして、辞めたがってる女の子も増えてます」

「知るか。おまえがどうにかせい」

「そうおっしゃられても、わたしにできることでは――」

「やかましい。どうにかせんのなら、おまえをどうにかするだけや」

新井は小柄な軀《からだ》をいっそうちぢこめて、事務所をでていった。

首をかしげていると、大山は質問を拒むように、おれをにらんだ。

ゆうべの売上げを見たら、また怒りだすに決まっているから、小林に売上げを渡して、大急ぎで事務所をでた。


駅前までいって「かどや」を覗《のぞ》くと、うまい具合に飯塚がいた。きょうも鶏のモモ焼を肴《さかな》に、カウンターで焼酎《しょうちゅう》を呑んでいる。

縄暖簾《なわのれん》をくぐると同時に、競輪のノミ屋たちが鋭い眼をむけてくる。おれが飯塚の知りあいだとわかると、予想紙を覗きこんで、がやがやと騒ぎだした。

飯塚の横に立って、ビールを注文した。

「生？」

髪を真っ赤に染めた従業員の婆さんが訊《き》いた。

「いや、瓶でいい」

ビールの大瓶が、おれの前に置かれた。

コップは脂で曇っているし、突出しの枝豆には空の鞘《さや》が混じっている。細かいところは気にしない店だけに、生ビールを呑むのは危険である。

「ここで呑むちゃあ、珍しいの」

と飯塚がいった。

「最近はパチンコ屋で見らんが、ほかで稼いじょるんか」

おれは首を横に振って、

「飯塚さんは、昔、誠神会におったろ」

「おお、おったで」

「堂丸ちゅう名前を知っとるかと思ってね」

飯塚は、なにかを警戒するように眼を見開いて、

「知っとるけど、それがどうしたんや」

「いや、たいした話やない。うちの店の客が揉めとるちゅう噂を聞いただけよ」

「ならええけど、あんなんに関わらんほうがええで」

と飯塚は顔をしかめて、

「あれは、おれが組におったときから、癖が悪いでのう。何人か殺《や》って懲役いっちょるが、組の仕事やないで、自分が仕掛けたケンカや。ふつうなら破門されるとこやけど、いまは幹部ちゅうから悪運が強い奴よ」

「飯塚さんは、なんで破門になったの」

「おれか、おれは競輪で負けて、上納金《ギリ》が払えんやっただけや」

堂丸のことで、なにか情報はないかと思ったが、殺人の前科があるとわかっただけで、ほかに収穫はなかった。とはいえ、ただのケンカで、ひとを殺すほど凶暴な性格だと知っ

て、ますます腰がひけてくる。

その夜も店はひまだった。

昼間にツケの催促をした客が入金にきただけで、十時をすぎた。

明日香と宏美をキャッチにだすと、若い男をふたり連れてもどってきた。

ふたりともホストみたいな盛り髪のくせに、青山で買ったようなリクルートスーツを着ている。一見して、頭が足りないのがわかるが、財布の中身も足りないだろう。

男のひとりは、明日香の肩に馴《な》れ馴れしく腕をまわして入ってきた。おれはカチンときたから、ボックスに通して、ママを含めたホステス全員で囲ませた。

「一杯いただいても、よろしいでしょうか」

女たちがいっせいに叫んだとたん、男たちは眼を剝《む》いて、

「一杯って、あの、そのぶんのお金は」

助けを求めるように、カウンターのおれを見た。

「もちろん別料金です」

そういって微笑すると、ひとりが用事を思いだしたといって、席を立った。もうひとりも、うっかり八兵衛のような恰好《かっこう》であとを追った。むろん、ひとり四千円は徴収したものの、焼け石に水である。

香織は、きょうも勧誘電話をしていたが、手応《てごた》えはないようで、溜息《ためいき》ばかりついている。

雇われママの立場では、いつ首が飛んでもおかしくない。

香織はカウンターの椅子にかけると、タバコを吹かして、

「うちもひまだけど、新井さんとこも大変みたいね」

おれは時間潰《つぶ》しにグラスを磨きながら、

「きょうも社長に怒られてましたよ」

「新井さんとこのピンサロ、もうじき潰れそうなのよ」

「なんかあったんですか」

「ゴードンのママに聞いたんだけど、あの店、幽霊がでるらしいわ」

「まさか」

「最初はお客さんがいいだしたみたいなのよ。知らない女の子がボックスにいるけど、あれは新人かって。それでボーイさんが見にいったら、小柄な女の子が坐《すわ》ってたって」

「ホステスじゃなくて？」

「そう、誰も知らない子。声をかけたら、すうッと消えたって」

「なにそれ、気持悪い」

と志穂がいった。宏美と明日香も肩をすくめている。

「それから毎日のように変なことがあるんだって。朝礼のときに、白いもやもやしたのが飛んでたり、誰も触ってないグラスが次々に割れたり――」

「ほんとかなあ。幽霊のせいにして、売上げが悪いのをごまかしてるとか」

「ほんとみたいよ。このあいだも有名なお坊さんを呼んで、お祓いしたんだって」

「だから社長が怒ってたんや。新井さんは効き目がなかったっていってたし」

「効き目がないどころか、このあいだ店の子が寮で自殺しちゃったの」

「マジで」

女たちが悲鳴をあげた。でも、とおれはいった。

「寮で死んだんなら、幽霊とは関係ないんじゃない」

「それが霊感とか強い子で、店にいくのは厭《いや》だっていってたんだって。でもバンスがあったみたいで、辞めるに辞められなかったのね。新井さんの店のあたりは、昔は遊郭だったそうだから、なにかあるんじゃないかって話よ」

「やだ。うちの店は大丈夫かなあ」

と明日香がいった。おれは笑って、

「大丈夫なわけないやろ。ここらへんの土地は骨だらけなんやから」

「どういうこと」

「このあたり一帯は、江戸時代は墓場やったって聞いたけど」

そういえば、と香織もいった。

「このビルを建てるとき、工事現場からたくさん骨がでたっていってたわ」

「怖いよ」

「トイレにいけなくなる」

志穂と宏美が口々に叫んだとき、がたん、と音がしてドアが開いた。

ぎくりとして眼をやると、佐倉だった。女たちが、ほっとしたように息を吐いた。

「なんだ、びっくりさせるなよ。急にドアが開いたから、誰かと思ったぞ」

「じゃあ、どうやって店に入ればいいんだ」

と佐倉は笑った。

志穂と宏美は、自分がおしぼりをだすといって揉《も》みあっている。佐倉にだす一品をとりにキッチンに入ると、明日香がついてきて、

「きょうも、あのひとと呑《の》みにいくの」

「たぶんな」

「仲がいいんやね。あんたには、友だちなんかいないと思ってたけど」

「あいつとは、なぜか気があうんや」

「よかったじゃない。遊んでくれるひとがいて」

「バカ。東京もんに北九州のことを教えてやっとるだけや」

店が終わってから、佐倉と呑んだ。きのうとおなじ「伝八」で焼鳥を喰《く》ってから「ロック座」に寄って、最後に「丸和前ラーメン」というラーメンの屋台にいった。久留米系の豚骨ラーメンで、骨がスープに溶けだすまで煮こんである。

佐倉は匂いがだめだと最初は尻込《しりご》みしたが、無理に喰わせると、

「こんな旨《うま》いラーメンは喰ったことがない」

ころりと態度を変えて、スープまで呑み干した。

屋台をでると、もう夜が明けかかっていた。

酔っぱらっているうえに満腹とあって、おれはふらふらしていたが、佐倉は平気な顔をしている。東京でつるんでいるときは、これほど酒が強いと思わなかった。おれは酒が入ると小便が近くなるたちだが、佐倉はトイレにもいかなかった。

ひと気のない街を歩きながら、おれはあくびを噛《か》み殺して、

「いつから、そんなに酒が強くなったんや」

「そうかな。前と変わらんよ」

「女がおらんのも、前と一緒か」

「まあな」

「なら、欲求不満の処理はどうするんや」

「そういうときは風俗とかで――」

おれは思わず吹きだして、

「まるで、おやじやな」

「どうして」

佐倉は不満げな顔で訊《き》いた。男前のくせに、なぜか女には手が遅い。

「金だして女買うのは、おやじや。その気になりゃあ、なんぼでも見つかるやろうが」

「仕事ばかりで、そんなひまがないんだ」

「サラリーマンは気の毒やの」

おれは溜息をついて、

「なら、うちの店の子とつきあえよ。志穂と宏美は、どっちもおまえに気があるぞ」

あはは、と佐倉は気のない声で笑って、

「気持はありがたいけど、あしたから忙しいんだ。もうじき東京に帰るし」

「うちの店には、もうこられないのか」

「遊びできてるんじゃないから、しょうがねえよ」

おれは舌打ちをして、

「なら、帰るときは電話くれよ」

ああ、そうする、と佐倉はいった。


佐倉と別れてまもなく、ケータイが鳴った。

ディスプレイには電話番号だけが表示されている。時間が時間だけにワンギリのたぐいかと思ったが、着信音は鳴り続けている。怪訝《けげん》に思いつつ通話ボタンを押すと、

「おれや、おれや」

と押し殺した声がした。

オレオレ詐欺かと思いきや、「マルタマ会館」の細沼だとわかって驚いた。

「どうしたの、細沼さん。追いこみかかっとるの、知っとるんやろ」

「やばいんや。助けてくれんか」

「いま、どこにおるん」

「い、いまな。おれは――のマンションに――」

電波のせいか、本人が焦っているせいか、細沼の声が聞きとれない。

「よう聞こえんよ。もっと大きな声で喋《しゃべ》って」

「だから、おれはいま――」

細沼はそういいかけて、あッ、と叫びを洩《も》らした。

とたんに電話は切れた。

何度かかけなおしたが、電源を切ったようでつながらない。

細沼は、店の金を持って逃げたはずだが、いったいなにがあったのか。細沼は金の件では、おれにも嘘をついている。そのおれに助けを求めてくるとは、ただごとではない。

あるいは「マルタマ会館」の社長に捕まったのか。

だとしたら、こっちにもとばっちりがくるかもしれない。厭な予感がいよいよ本格的になったようで、にわかに酔いが醒《さ》めてきた。

カーテンを開けると、空は珍しく曇っていた。

明け方まで佐倉と呑んだせいで、布団から這《は》い出したのは二時すぎだった。もう事務所にいく時間だと思ったら、げんなりする。

明日香はとっくに起きていて、きょうも「ぬかるみの女」を観ている。

「テレビばっかり観とらんで、おれを起こせよ」

「寝てるときに起こしたら、めちゃくちゃ機嫌が悪いじゃない」

「寝起きは誰でも機嫌が悪いんや」

「あんたのは特別よ。寝ぼけたまま怒鳴るから、こっちが腹立つわ」

きょうは聖愛医院へいく時間もない。髭《ひげ》も剃《そ》らずに服を着ていると、

「遅く帰るほうが悪いのよ。けさも怖い思いしたのに」

「なにが怖いんか」

「あんたが帰ってくる前に、また部屋の外に誰かいたの。電気をつけたら、すぐにいなくなったけど」

「堂丸から連絡はないか」

「ゆうべはなかった」

明日香をつけまわす相手というと、堂丸が浮かんでくるが、あの男が玄関先に隠れるようなまねをするとは思えない。そもそも堂丸は、このマンションを知らないはずだ。

明日香は眉《まゆ》をひそめて、

「ねえ、誰だと思う。ストーカーかな」

「そんな心あたりがあるんか」

「ないよ。変な男は、あんたで充分だし」

「バカいうとる場合やないぞ。これから家におるときは、チェーンを二重にかけとけ」

おれは玄関までいって、いちいち説明した。

この部屋のドアチェーンは、チェーンがスライドする金具が縦についている。これでは手を突っこんだだけで、チェーンをはずせる。

ドアチェーンは、ドアが完全に閉まらないとはずせないように、横につけるのがふつうだが、工具があれば切断できるから、それでも安全とはいえない。

「じゃあ、どうしたらいいの」

「ドアチェーンをふつうにかけて、あまったチェーンをフックにひっかけるんや」

こうしておけば、鍵《かぎ》を開けてもドアはほとんど開かない。工具を差しこむ隙間もないから、ドア自体をはずさない限り、部屋に入ることはできない。

「なんで、そんなこと知ってるの。泥棒でもやってたんじゃないでしょうね」

「人聞きの悪いことをいうな。ずっと前に客から教わったんや」

もっとも、その客はツケを溜《た》めたあげく、窃盗犯で捕まった。

事務所に着いて、小林に売上げを渡そうとしたら、大山がそれをひったくった。

灰皿が飛んでくるかと身構えていたが、大山はなにもいわない。ちらりと売上げを見ると、自分のデスクで新聞を読みはじめた。

大山が黙っているのが不気味で、事務所にいるのが落ちつかなかった。といって、帰るタイミングを誤ったら、虎の尾を踏みそうで身動きがとれない。

このところ、おれでも心配になるほど売上げが悪い。なんとかしたいとは思うものの、あれこれ問題が多すぎて、店のことまで頭がまわらない。

目立たぬように背中をまるめて、掛売り台帳に入金を記入していると、

「おいッ」

大山の声に、ぎくりとした。

「パチンコ屋の細沼ちゅう奴がおったやろうが」

「はい」

「けさ、屍体《したい》があがったぞ」

「――えッ」

「めった刺しで川に浮かんどったそうや」

「なんでまた」

「知らん。ニュースでも見ろ」

大山はそういって、また新聞に眼を落とした。

おれは呆然《ぼうぜん》として、しばらく宙に眼を据えていた。けさの電話で、細沼はなにをいおうとしていたのか。恐らく、おれに電話してきたあとで、殺されたにちがいない。

細沼とは、たいして親しくはなかったものの、身近な人間が殺されたのはショックだっ

た。それにしても犯人は、いったい誰なのか。

動機としては、金を奪われた「マルタマ会館」の社長がもっとも疑わしい。だが、一応は堅気の社長がそこまでするとは思えない。それに細沼が打ち子の件を唄っていれば、おれにも追いこみがかかるだろう。

いまのところ、そんな気配はないから、べつの筋なのか。細沼が奪った四千万を狙っての犯行とも考えられるが、犯人の見当はつかなかった。

開店の準備をすませてから、ケータイで細沼の事件を検索すると、いくつかネットのニュースがヒットした。何十カ所も刺し傷があったことから、警察は怨恨《えんこん》の線で調べていると記事にあったが、金のことには触れていない。

おれは着信履歴に残った電話番号を見つめた。

細沼は不正が漏れるのを恐れて、自分のケータイの番号は誰にも教えず、打ち子の電話番号はすべて暗記していた。したがって、おれにかけてきたのが誰の番号かわからない。

ふとリダイヤルしたい衝動に駆られたが、怖くなってやめた。

香織の勧誘電話が効いたのか、その夜はサラリーマンの団体で混んでいた。カウンターはもちろん、ボックスまで埋まったのは、ひさしぶりである。

神経がいらだっているときは、忙しいほうが気がまぎれる。せっせと注文を片づけていると、明日香が暗い顔つきでキッチンに入ってきた。

わけを訊《き》いたら、また堂丸から電話があったという。

「あした店にいくからって。また誘われるわ」

おれは、すこし考えてから、店を休むようにいった。

「病気っていえばいいやろ。それなら誘われんですむ」

「あしたくるって聞いたのに、あたしが休んでたら、避けてるみたいじゃない。あとで、ぜったい怒られるよ」

「急病なんやから、しょうがないやろ」

「ケータイに電話がかかってくるよ」

「留守電にしときゃいい。なんなら電源を切っとけ」

「でも皆勤手当もひかれるし、もったいないじゃない」

「そんなこというてる場合やないやろうが」

「だって、せっかく今月はがんばって休まなかったのに――」

ホステスは一日でも休むと、会社の規定で、皆勤手当の三万円が給料から天引きされる。

水商売には時間にルーズな人間が多いし、経営者は経営者で、一円でも金を払いたくないから、どこの店にも似たような規則がある。

明日香は、よほど三万円が欲しいのか、休むのを渋る。おれは痺《しび》れを切らして、

「皆勤手当のぶんくらい、払ってやるわい」

「わかった。じゃあ休む」

明日香は急に笑顔になった。

「どんだけ現金な女や」

おれはあきれて、溜息をついた。


閉店後、レジを締めると、ひさしぶりでまともな売上げがあった。おかげで、あしたは事務所へいくのは気が楽だが、細沼や堂丸のことが頭にひっかかっているから、気分はすっきりしない。明日香は、香織の客とアフターにいったから、まだ帰っていないだろう。

呑《の》みにいくべきか迷ったものの、きのうも朝まで呑んだから軀《からだ》は疲れきっている。まっすぐ帰ることにして、明日香のマンションへむかった。

途中で、ふと思いついてレンタルビデオ屋に寄った。なにか気分転換になるような映画でもないかと思ったが、洋画の新作は、どれも貸し出し中である。

よその土地はどうなのか知らないが、この街のビデオ屋は、やくざ映画とアダルトビデオの割合がやたらに多い。洋画の本数はわずかで、それも日本語版のほうが頻繁に貸し出されている。

もっとも、そういうおれも、明日香のいないすきにアダルトビデオでも借りようかと思うのだから、他人のことはいえない。会員証は明日香しか持っていないが、金子の保険証があるから大丈夫だろう。

成人コーナーからDVDを持ってでてくると、大日如来みたいなパンチパーマをかけて、お茶漬海苔《のり》のような細い眉毛《まゆげ》の男がレジを占領している。二十代後半くらいの顔つきで、フィラのジャージを着て、ヴィトンのセカンドバッグを小脇に抱えている。

この街ではよく見かけるタイプだが、たいていは脳味噌《のうみそ》が小鳥なみだから、関わらないに越したことはない。おれはおとなしく順番を待った。

男は、やくざ映画のDVDをカウンターにならべて、大学生ふうの従業員と喋《しゃべ》っている。

「おい、この『実録外伝 大阪電撃作戦』ちゅうのは誰がでとるんか」

「それは松方弘樹《まつかたひろき》と小林旭《こばやしあきら》です。あとは丹波哲郎《たんばてつろう》、梅宮辰夫《うめみやたつお》、渡瀬恒彦《わたせつねひこ》、成田三樹夫《なりたみきお》もでてますね」

妙な客層が多いせいか、この店の従業員は、やたらとやくざ映画にくわしい。

「ほな、この『県警対組織暴力』は、どうか」

「それは菅原文太《すがわらぶんた》、梅宮辰夫、松方弘樹です。成田三樹夫もでてたと思いますが」

パッケージを見れば、誰がでているかわかりそうなのに、大日如来は、いちいち従業員に訊く。あるいは漢字が不自由な人物かと思っていると、

「ほしたら、この『俺たちに幕はない』ちゅうのはなんか」

えッ、と従業員が首をかしげた。

「俺たちに、のあとはなんですか」

「おまえ、ひとの話を聞いとるんか。『俺たちに幕はない』や」

「幕、ですか」

「おう」

店員はすこし考えてから、投げやりな口調で、

「それは松田優作《まつだゆうさく》と志賀勝《しがまさる》が、やるんですよ」

大日如来は眉間《みけん》に皺《しわ》を寄せると、

「やるんかッ」

「やります」

「よし。ほんなら、これも貸せ」

大日如来はDVDを借りると、肩で風を切りながら店をでていった。

おれはそれを見送ってから、

「墓、だよね」

従業員は無言でうなずいた。

部屋に帰ると、どういうわけか、明日香はもう帰っていた。

おれはあわてて、DVDを入れたレジ袋を背中に隠した。

翌朝、チャイムの音で眼が覚めた。

目覚まし時計に眼をやると、まだ九時だった。ひょっとして不審な人物かと思ったが、
明日香が応対にでたら、相手は宅配便だった。

ふたたび眠ろうと目蓋《まぶた》を閉じたとき、

「なによ、これ」

と明日香から揺り起こされた。

ベッドを這《は》いだして玄関へいったら、段ボール箱が山と積まれている。寝起きのせいで、なんだかわからなかったが、段ボール箱を開けたとたん、ぎょっとした。

箱のなかには、ビニール袋に入ったTシャツがぎっしり詰まっている。

「――これがあったんや」

おれは宙を仰いで嘆息した。

赤城から祇園祭でTシャツを売るよういわれたのを、すっかり忘れていた。祭がはじまるのはあさってだから、あすの昼にはショバ割りがある。

明日香がビニール袋を破って、Tシャツを広げると、げらげらと笑いだした。

ひと目で安物とわかる白いTシャツの胸に、巨大なシャネルのロゴがプリントしてある。しかも襟首には、メイドインチャイナと書いたタグがある。

ほかのTシャツも同様で、ヴィトンだのプラダだの、有名ブランドのロゴを刷りこんだだけだ。あまりにひどすぎて、パチもんともいえない。

明日香は、躯をくの字に折って、笑いをこらえながら、

「これ、売るの」

「売れるかい、こんなもん」

そのとき、おれのケータイが鳴った。思ったとおり、相手は赤城だった。

「商品は届いたか」

赤城はうれしそうな声でいった。

「どうや。よかろうが」

「いや、よかろうもなにも――」

「忙しいところ悪いけど、がんばって売ってくれや」

「売るもなにも、これじゃあ――」

赤城はおれの話はまったく聞かず、ショバ割りの手続きをまくしたてて、電話を切った。

と思ったら、すぐに電話が鳴って、

「大事なことを忘れとった。Tシャツの定価は三千円やからな」

それだけ告げると、またしても電話は切れた。

こんなTシャツを三千円もだして買うのは、シベリアに素っ裸で放りだされた奴くらいだろう。すぐに電話をかけなおしたが、圏外か電源が入っていないというメッセージが流れてきた。

「あのクソおやじがッ」

おれは毒づきながら、金子に電話した。あしたから露店を手伝えというと、

「ぼくは販売の経験ないんすけど」

「バカ、経験なんか関係あるか。露店や露店、要するにテキヤや」

「テキヤもいいですけど、保険証かえしてください」

「なら、あしたかえすから、Tシャツ売ってくれ」

「露店って、店はどうするんですか」

「たまには、ええことをいうの。それは、おまえが考えれ」

「はあ?」

「じゃあ、あしたな」

へどもどいっている金子を無視して、ケータイを切ると、すぐさま電源を落とした。

「赤城とかいうひとと、やることが一緒じゃない」

明日香があきれた顔でいった。

おれは鼻を鳴らして、ふたたびベッドにもぐりこんだ。

午後になって「聖愛医院」へいくと、仮歯を入れられた。

差し歯ができるまで、これで辛抱しろということらしいが、真っ白なうえに大きくて、石膏《せっこう》の塊みたいな感じがする。鏡に映してみると、ほとんどカピバラだ。

「これじゃ、なにもないほうがましですよ」

とヤブ医者に訴えたが、

「なら、ひっこ抜いてやろうか」

歯科助手の象はガネーシャ顔で黙っている。

帰り際、イメクラ嬢にカピバラの歯を見せると、青タンの眼を見開いて、

「お大事にー」

といった。


その夜、明日香は計画どおり店を休んだ。

堂丸がくるのを緊張して待っていると、予想に反して店に電話してきて、

「いまからいくけ、席を空けとけ」

明日香は病気で休んでいるというと、黙って電話を切った。

ひとまず、ほっとしたものの、堂丸を刺激したようで不安になった。いくら病気だといっても、堂丸は明日香がすっぽかしたのを怒っているにちがいない。次は、もっと強硬な手段にでてくるだろう。

いっそこのまま明日香を辞めさせて、べつの店に移そうか。弱気な選択だが、それがいちばん安全かもしれない。今夜にでも明日香に相談するつもりで、店が終わると、まっすぐ家路についた。

帰り道にある料亭に明かりがついていた。ふだんなら、この時間は閉店しているが、店の前に黒塗りのベンツが停まっている。

ふと料亭の扉が開いて、堂丸がでてきた。このあいだ店にきた蛭川という舎弟が一緒で、女将《おかみ》や仲居たちが見送りをしている。

おれは急いで回れ右をすると、近くの路地に駆けこんだ。

堂丸とは、さっきも電話で喋《しゃべ》ったというのに、また顔をあわすとはタイミングが悪い。路地から様子を窺《うかが》ってみると、堂丸たちはベンツに乗りこむところだった。

ほっと息を吐いたとき、路地の奥に誰かが立っていた。酔っぱらいかと思いつつ、暗がりに眼を凝らすと、そこにいたのは佐倉だった。

おれが駆け寄ると、佐倉はとまどったような笑顔を浮かべて、

「どうしたんだ。こんなところで」

「おれは店の帰りや。おまえこそ、なにやってる」

「おれか。ちょっと小便をしようかと思ってね」

「遠慮せんで、してこいよ」

「もういいよ。おまえの顔を見たら、止まっちまった」

「ならいいけど、こんな時間まで、なにしとったんや」

佐倉はすぐには答えず、大きな伸びをして、

「取引先と呑《の》んでたんだよ」

一瞬、佐倉の表情がいつもとちがうように見えた。が、それには触れずに、

「なんや、それなら電話してくれればよかったのに」

「でも、毎晩つきあわせるのも悪いかと思ってね」

「水くせえことをいうな。せっかくだから、ちょっといこう」

「きょうは早めに帰ろうと思ったけど、おまえにはかなわんな」

佐倉は、もうふつうの表情にもどっていた。


佐倉とタクシーに乗って、「アリラン」にいった。

あまり食欲はなかったが、佐倉にはぜひトンチャン鍋《なべ》を喰《く》わしておきたい。暖簾《のれん》をしまいかけていた婆さんに、無理をいって座敷にあがった。

佐倉は、脂で汚れた店内を、不快そうに見まわして、

「おれ、焼肉はあんまり好きじゃない」

「朝鮮人のくせに焼肉が嫌いちゅうのは、どういうことや」

「嫌いじゃなくて、積極的に喰わんだけだ。それに、おれは北じゃなくて南だぞ」

「どっちでも似たようなもんやないか」

「似てるもんか、北と南じゃぜんぜんちがう」

「この街は、誰がなに人やろうと関係ないんや」

「差別がないってのは、いいところだな」

「差別は大ありよ。ただ人種なんかで、ごちゃごちゃいわんだけや」

「どういう差別があるんだ」

「セコい奴とヘタレは差別される」

「そういうおまえは、どうなんだ」

「どっちかといえば、ヘタレのほうやな」

婆さんが眠たそうな顔でトンチャン鍋を運んでくると、佐倉は眼をまるくして、

「なんだこれは。モツ鍋じゃないのか」

「これはトンチャン鍋や。ちゅうか、おまえの先祖が作った料理やろうが」

「うちじゃ、こんな臓物は喰わんよ」

「がたがたいわずに喰ってみろ。煮えすぎたら味が落ちるぞ」

おれが生焼けのモツを喰うのを、佐倉は顔をしかめて眺めている。カピバラみたいな外見は気に喰わないが、仮歯が入ったおかげで、ようやく肉が噛《か》める。

佐倉は遠慮がちに箸《はし》を伸ばしたが、明日香とおなじで、すぐにモツをぱくつきだした。

「この筒みたいなのが旨《うま》い。噛んだら、じゅッと脂がでる」

「それは丸腸や」

「マルチョウ？　どこの部分だろう」

「そりゃトンチャンやから、糞《くそ》と腸で――」

佐倉が箸を置こうとするのを、おれはさえぎって、

「男のくせに細かいのう。旨けりゃ、なんだってええやないか。ほら、キムチも喰え。このは抜群に辛くて旨いぞ」

「辛いのは苦手なんだ」

とたんに、おれは吹きだして、

「これじゃあ、どっちが韓国人かわからんのう」

「死んだ爺《じい》さんからも、よくいわれたよ。最近の若いのはキムチも喰えんって」

トイレに立ったとき、佐倉が用を足していないのを思いだした。おととい一緒に呑んだときも、まったくトイレにいかなかったが、なにか理由があるのか気になった。

「そういや、さっきは立ちションしかけとったが、トイレにいかんでええんか」

「いや、もういきたくない」

「おまえ、軀《からだ》がどっかおかしいんやないか」

佐倉はジョッキに残っていたビールを一気に呑んで、

「そうかな」

「ぼけ老人は尿意がないのに洩《も》らすらしいが、おまえもそのクチか」

「バカいえ。仕事が忙しいから、トイレにいかない習慣がついたんだ。打合せの最中に席は立てねえからな」

「また仕事の話か。いつ東京に帰るんや」

「あしたの予定だったけど、もうすこし延びそうだ」

「なら、あしたから祇園祭やけ、見ていけよ。おれも昼間は露店やっとるんや」

佐倉と別れてマンションに帰ったのは、三時すぎだった。

部屋に入ると、明日香はいなかった。ゆうべは店を休んだというのに、いったいどこへいったのか。ケータイに電話すると、いまから帰る、と不機嫌な声がかえってきた。

また呑みにいったのかと思ったら、自分のことは棚にあげて、いらいらする。トンチャン鍋を喰ったばかりだが、焼酎《しょうちゅう》でも呑みたくなってくる。

冷蔵庫からだした氷をグラスに入れていると、表で車が止まる音がして、聞きおぼえのあるヒールの足音が近づいてきた。

「どこいっとったんや」

「ごめんね」

明日香は酔っているのか、眼をあわせようとしない。ハンドバッグをベッドの上に投げだして、ワンピースのファスナーをおろしている。おれは厭《いや》な予感に駆られて、

「なんや、どうしたんや」

肩をひき寄せると、明日香は顔をそむける。

「――おまえ」

明日香の顔を強引につかむと、頬にひとすじ涙の跡がある。

「なにがあった」

「――あのひとがきたの」

「誰や」

「堂丸さんよ」

「なんやと」

最悪の予感に、顔から血の気がひいていく。怒りで全身が小刻みに震えた。

「勘ちがいしないで。堂丸さんとは、なんにもないわ」

「なら、なんで逢《あ》うんや。あいつに逢いたくないから、店を休んだんやないのか」

「だから、きたのよ。この部屋にきたの」

明日香は溜息《ためいき》まじりにいった。

「なんで、あいつがここを知っとるんか」

「あたしが聞きたいわ。テレビ観てたらチャイムが鳴って、誰かと思ったら、あのひとだったの」

「あいつは、なんの用できたんや」

「お見舞にきたって」

「それで、ほいほい呑みにいったんか」

「部屋にあげるわけにいかないでしょう。あんたの服とかいっぱいあるのに」

おれは太い息を吐いて、先をうながした。

「――また口説かれた。わしの女になれって」

明日香の眼から涙がこぼれている。

両手を肩にまわすと、おれの胸をあたたかい液体が濡《ぬ》らした。

「怖かった」

と明日香はしゃくりあげて、

「きょうは、ほんとうに具合が悪いからって、なんとか断ったけど、また誘われたら、逃げられないよ」

「あのガキ、ぶち殺しちゃる」

おれが怒鳴ると、明日香が顔をあげた。

「うちまでくるようになったら、もうおしまいや。殺すしかないやろ」

「やめて。あんたが殺されたら、どうするの」

「バカ。おれが簡単にやられるか」

「強がりいわないで。もし、あんたが殺しても刑務所行きじゃない。厭よ、そんなの」

おれが黙っていると、明日香は涙を拭《ふ》いて、

「ね、ふたりで逃げよう。どこか知らない街へいこう」

「なんで逃げなきゃいけんのや。とにかく、おれがどうにかする」

心配するな、と胸を張ったものの、本音をいえば、ずいぶん弱気になっていた。

ここに明日香が住んでいるのを、堂丸はどうやって知ったのか。明日香が玄関先で見たという不審な人物は、堂丸がらみかもしれない。だとすれば、おれと明日香の関係を知られる前に、どこかへ逃げたほうがいいような気がする。

けれども、あんな男のために、住み慣れた街を離れるのは悔しい。ぎりぎりまで解決策を考えたかった。

しゃあしゃあしゃあ、とクマゼミが気ぜわしい声で鳴いている。

まだ朝の十時だというのに、窓の外はカンカン照りで、近所のトタン屋根に油をひいたら炒飯《チャーハン》が作れそうだった。

きょうは露店のショバ割りのせいで、こんな時間から起きるはめになった。早起きしたついでに、ひさしぶりで飯を炊いて、味噌汁《みそ》も作った。おかずは生玉子と味付海苔《のり》だ。

けさ帰ってきたときの明日香は、あれほど暗い顔をしていたのに、おれが飯の支度をしているのがうれしいようで、へらへら笑っている。根が能天気なせいか、前世が犬のせいか、継続して落ちこむことができないらしい。

明日香は、小鉢に入れた生玉子をかきまわしながら、

「堂丸さんから電話があったら、なんていえばいいの」

「きょうも店を休むか」

「厭よ。休んだら、またここにくるかもしれないし」

「あいつが店にきたら、それはそれで面倒やぞ」

「けさは、おれがどうにかするっていってたじゃない」

返事に詰まって、味噌汁を啜《すす》った。酒とタバコで荒れた舌に味噌汁が沁《し》みる。

「まだ、うまい手を思いつかん」

「だから、いってるじゃない。ふたりでどこかへ逃げようって」

「逃げるあてはあるんか」

「そんなのないけど、沖縄とかどう。いっぺんいってみたいし」

「観光にいくんやないぞ。貯金も仕事もないのに、どうやって飯喰《く》うんや」

「さあ、それこそ露店でもすれば」

「なら、おまえも手伝えよ」

「厭よ。陽に焼けちゃうじゃない。あんたひとりでやって」

「ふざけるな。チョンの間に売り飛ばすぞ」

金子に電話して、車でTシャツをとりにくるようにいった。

ショバ割りも金子にいかせたいところだが、さすがに心もとない。一時間ほど経って、金子は、父親の車だという廃車寸前のカローラに乗ってきた。

祭のメイン会場になる神社の駐車場に車を停めた。

あたりにはテキヤのトラックがずらりと停まっている。車体に勘亭流の文字で何々組と書いたり、金ぴかの代紋をつけた派手な車が目立つ。車内で寝泊まりできるように運転席を改造したトラックも多い。

集合場所の広場へいくと、いかつい顔の連中が大勢集まっている。

金子がおびえた眼であたりを見まわして、

「なんかここ、雰囲気悪いっすよ。暴力団ばっかりやないですか」

「バカ、暴力団とちがう。テキヤや」

テキヤは博徒、つまりやくざと混同されているが、実際はかなりちがう。

博徒が任侠道《にんきょう》なのに対してテキヤは神農道で、まず守るべき道が異なる。本来の博徒は賭場《とば》のテラ銭を収入源とするが、テキヤのそれは露店の売上げだから、全国の祭《タカマチ》をまわる行商人である。

「でも商人に見えないひとが多いすよ」

「おれたちだって見えねえよ」

金子を連れて、ショバ割りの説明会にいった。

はじめに保健所の所員が食品の衛生管理について、だらだらと喋《しゃべ》り、そのあと庭主という露店を仕切る親分があいさつをする。

ケンカをつつしめとか刺青《いれずみ》を露出するなとか、親分の注意を聞いたあとで、ショバ割りがはじまる。ショバ割りの届け出は、赤城がすましているから、おれは店の場所を確保するのが役目である。

ところが、このショバ割りの手順がなんともレトロだった。

世話役の男が物干竿《ものほしざお》のような長い竹竿を持って、先頭を歩きだす。テキヤは全員で、そのあとをぞろぞろついていく。

世話役の男は、竿を地面に突きながら、

「何番、なになに組の山田さん、スイチカ」

「何番、なになに組の鈴木さん、焼そば」

と叫んで、次々に店の位置を示していく。

すかさず子分がそこにチョークで印をつける。

名前を呼ばれた者は、そこが自分の出店する場所なので、露店の設営にかかる。したがって自分が呼ばれるまでは、延々と行列についていかねばならない。

各店の場所を書いた地図でも渡せば、いっぺんですみそうだが、伝統を重んじて、こういうことをやっているらしい。

伝統といえば、テキヤには符丁が多い。チカとは風船のことで、ヘリウムガスで浮く風船をアゲチカ、風船釣りで使う、水を入れたのをスイチカという。テキヤの経験はないものの、長いこと水商売をやっていると、この手の知識は耳に入ってくる。

たっぷり一時間以上も行列につきあっていると、全身が汗びっしょりになった。猛烈な陽射しに炙《あぶ》られて、脳味《み》噌が煮えかけている。これだけでも重労働なのに、いまからが本番だと思ったら気が滅入る。

「いったい、いつ終わるんですか」

金子が汗だくの顔で愚痴る。

「うるせえ。パチンコ屋のグランドオープンにならんでると思え」

露店は、市の観光名所の城と神社を中心に設営される。

いちばんいい場所は、城のまわりや神社の参道だが、世話役はそこをすぎて、ひと気のない神社の森に入っていく。行列は、もう十人ほどに減っている。

真っ昼間だというのに、木が生い茂っているせいで薄暗い。森のむこうには、城の掘割が青緑色の水をたたえている。

「厭《いや》な雰囲気だな。幽霊がでそうすね」

「ここがあたった奴は悲惨やな」

ふたりで笑っていると、世話役が赤城の名前を呼んだ。

おれは手をあげて、うつろな声で返事をした。金子は地面にへたりこんで、

「こんなところで売れるんすか。しかも、あのTシャツってパチもんですよね」

「売れんやったら、おまえが買え」

「冗談やないですよ」

「冗談や。でも冗談じゃすまんかもしれんぞ」

車からTシャツをおろして、露店の設営をはじめた。

露店の材料は、金子が持ってきた細長い事務机と角材だ。井桁《いげた》に組んだ角材に、Tシャツを針金ハンガーで吊《つ》るして、事務机の上にもならべる。ほんとうはテキヤが使う三寸という台があれば便利なのだが、むろんそんなものはない。

角材のてっぺんから裸電球をさげると、かろうじて店らしく見えた。おれは満足して、

「なかなかのもんやないか」

「でも雨が降ったら、どうするんすか」

「降らんことを祈れ」

おれたちのむかいの店は、金魚すくいだった。

まだ十代に見える若い男がふたり、青いビニールシートで作った水槽に、せっせと金魚を入れている。うち以上に悲惨な店で、水槽のほかにはなにもない。

おれは金魚すくいを指さして、

「見ろ、あそこも屋根なんかない。水槽と金魚だけや」

金魚すくいの兄ちゃんたちは、おれをどこかの若い衆だと思ったようで、眼があうたびに笑顔をむけてくる。

「あそこは金魚やから、濡《ぬ》れても平気やないですか」

「それじゃあ、あとを頼むぞ」

返事をするのが面倒になって歩きだすと、金子があとを追ってきて、

「保険証かえしてください」

「すまん。持ってくるの忘れとった」

呆然《ぼうぜん》とする金子をそのままにして、事務所へ売上げを持っていった。

金曜日だというのに、またしても店はひまだった。

香織はキッチンでタバコを吸いながら、

「こんな調子じゃ、あたしはもうじき首ね」

「ママのせいじゃないよ。こういう呑《の》み屋は時代にあわないんだから」

「この不景気に、ただ女と呑むだけで何万も遣う奴はおらんよ。キャバクラなら五、六千円ですむし、デリヘルやソープだって二万円もあれば足りる。こんな田舎じゃ、経費を使えるサラリーマンもいないし――」

「どうして」

香織は遠い眼になって、

「そうよね。バブルの頃が夢みたい」

「あれ、ママは二十八歳やろ。なんでバブルなんて知ってるの」

「知らないわよ。ひとから聞いたの」

と香織は、たちまち話題を変えて、

「でもホストクラブは繁盛してるみたいね。チーフもやってみたら」

「だめだめ。ブスにおべんちゃらいうくらいなら、空き缶でも拾ったほうがましよ」

香織は力なく笑って、

「ここを首になったら、旅館の仲居さんでもしようかしら」

「首にはならんでしょ。社長は、まだママに気があるんやないの」

「やめてよ、チーフ。社長とはもう関係ないんだから。だいたい関係があったって、あのひとは手加減なんかしないわ」

香織はタバコを揉《も》み消して、キッチンをでていった。

いつものようにストリチナヤを呑んでいると、明日香が顔をだして、

「きょう、志穂ちゃんたちと食事にいくから、ちょっと遅くなる」

ああ、と生返事をすると、

「どうしたの、元気ないね」

「なんだか、だるくてな」

「こんな時間から、ウォッカなんか呑むからよ」

「ロシアじゃなあ、黒パンかなんかを肴《さかな》に、こいつをぐいぐいあおって、どろどろに酔っぱらうのが男らしいっていわれるらしいぞ」

明日香はあきれたようにかぶりを振って、カウンターにひきかえした。

金子から電話があったのは、十一時近かった。

「Tシャツ、ぜんぜん売れませんでした」

金子は疲れ切った声でいった。

「おまえの日当がかかっとるんや。あしたはがんばって売れ」

そうはげましたものの、あんなTシャツが売れるはずはない。

とはいえ祇園祭は、あと二日しかない。全部はとうてい無理にしろ、半分くらいは売らないと、赤城が頭から湯気をだすだろう。

店を閉めてから、晩飯を買いにコンビニに寄った。

明日香は食事にいくといったから、まだ帰っていないだろうが、店で深酒したせいで、呑む気にならない。

コンビニの駐車場に、B系ファッションのガキが五人、地べたに坐《すわ》っていた。ガキどもが持ってきたらしいCDラジカセから、ヒップホップが大音量で響いている。

黒人にあこがれるのは結構だが、ただの猿まねで、オリジナリティのかけらもないのが気に喰《く》わない。ひと昔前に生まれていたら、全員がヤンキーになっていただろう。

おれを見て、ガキどもがガンを飛ばしてきた。

そんなに黒人の悪党が好きなら、ソマリアかジンバブエに移住しろと念じていたら、バイクが停まって、眼つきの鋭い中年男がおりてきた。

ガキどもはいっせいに立ちあがって、男から清涼飲料水の瓶を受けとっている。

C瓶と呼ばれるシンナー入りの瓶だ。

男はガキどもから金を集めると、バイクに乗って去っていった。

昔は街で売人から買うのがふつうだったが、最近は便利になったもので、ガキもケータイを持っているから、シンナーも宅配してもらえるらしい。

コンビニで弁当を買って、部屋に帰ると、階段の上から男がおりてきた。

男はおれの顔を一瞥《いちべつ》して通りすぎた。

とたんに、心臓が凍りついた。

いまの男の顔には、見おぼえがある。堂丸の舎弟の蛭川だ。

一気に緊張して、部屋のドアを開けた。

明日香が照明をつけっぱなしででかけるから、室内は明るい。幸い、忍びこまれた形跡はなかったが、明日香が見たという人影は、恐らく蛭川だろう。

蛭川が明日香を尾行して、マンションをつきとめたにちがいない。

それにしても蛭川は、ここでなにをしていたのか。明日香の行動を監視しにきたのか、それとも堂丸に指示されて、明日香を呼びだしにきたのか。

いずれにせよ、蛭川に顔を見られた以上、明日香との関係は、堂丸に知られたも同然である。堂丸がどんな手段にでてくるか、想像したくもないが、このままですまないのはたしかだった。


燃えるような陽射しが街並を照らしている。

街並のむこうでは、落ちつかない気分のように、入道雲がもくもくと湧きたっている。

明日香は明け方になって、千鳥足で帰ってきた。

蛭川の件をいうべきか迷ったものの、明日香を怖がらせるのが厭で黙っていた。蛭川が部屋を監視しているといえば、明日香はもう逃げようというだろう。おれの気持もそこに傾きかけているが、まだケツを割りたくない。

きょうは店を開ける直前まで、露店を手伝うつもりだった。ゆうべのうちに仕込みはすませたし、きのうの売上げは明日香に預けてある。

明日香は大山の眼を気にして、事務所にいくのを渋ったが、強引に説得した。明日香とのことが大山にばれたら、ばれたときだ。その前にずらかる可能性だってある。

おれは昼前からマンションをでて、露店の手伝いにいった。

祭の中日とあって、神社のまわりは家族連れや観光客でにぎわっている。通りの両側には、さまざまな露店が軒を連ねて、ソースや醤油《しょうゆ》の香ばしい匂いが鼻をつく。

ところが、おれたちの露店に近づくにつれて、人通りはまばらになった。薄暗い林のなかを歩いていくと、ひやりと涼しい風が吹いてくる。

金子は両親から見捨てられた子どものように、店の前で坐りこんでいた。

「どうや、調子は」

金子は、おれに気づくと、救われたような顔で立ちあがって、

「どうもこうもないすよ」

「なんぼ売れたんか」

「きのうからの合計で、三枚です」

「話にならんの」

おれは溜息《ためいき》をついて、

「しかし三枚でも売れたちゅうことは、こんなもんでも買う奴はおるんや」

「たまたま売れただけでしょう。もう売れんと思うけどなあ」

「そこをなんとかせんか。声だせよ、声」

「なんていうんすか」

「直輸入の有名ブランドTシャツが、たったの三千円ですよ、とかな」

「それ、思いっきり嘘やないすか」

「ええんや、おれたちはテキヤなんやから。でも三千円は高すぎるな。二千円、いや千九百円にしよう」

「いいんすか、勝手に値段変えて。これって、あずかりものなんでしょ」

「売れんよりええやろ。それより、はよ声ださんか」

「いえばいいんでしょ。有名ブランドTシャツが、たったの千九百円ですよ」

金子は、地縛霊にポン引きをやらせたような情けない声でいった。カッとなって背中をどやすと、やけになって声を張りあげた。おれも一緒に叫んだ。

バカバカしいことこのうえないが、ただ客を待っているよりはましだ。おれと金子がわめき散らしているのを見て、なにごとかという顔でひとが集まってきた。

見るからに頭が悪そうなヤンキーのカップルがTシャツを二枚も買った。釣られて、ほかの客もTシャツに手をだした。

「ちょっと、これ」

主婦らしい中年女が、グッチのロゴが入ったTシャツを手にして、

「メイドインチャイナって書いてあるわよ」

おれは一瞬詰まったが、

「ああ、それはねえ、中国にライセンスを委託して作っているんですよ」

わけのわからない説明に主婦は納得したようで、じゃあ、これちょうだい、といった。

それで勢いづいたようで、パチもんTシャツは次々に売れはじめた。ひとだかりは増えたり減ったりしながらも、しばらく続いて、昼までに三十枚のTシャツが売れた。

「見ろ、売ろうと思えば、売れるやないか」

うれしそうに笑っている金子の頭をはたいた。

ふと、むかいを見ると、金魚すくいの兄ちゃんたちがようやく出勤してきた。

こちらを見て、にこにこと会釈するから、おれも笑顔をかえした。

すこし経って、ひとりの兄ちゃんが、わッ、と声をあげた。もうひとりも水槽を覗《のぞ》きこんで青い顔になっている。

「どないしょう」

ふたりは顔を見あわせている。

わけを訊《き》いたら、兄ちゃんたちは口をそろえて、

「金魚が、金魚が――」

と声をうわずらせる。

水槽を覗きこむと、何百という金魚が、みな腹を上にして浮かんでいる。

「なんでやろ」

水槽に指を入れたとたんに、理由がわかった。水が湯になっている。

あたりは木々に囲まれているから薄暗いが、ちょうど水槽のある場所に陽射しがあたっ

ている。そのせいで水温があがって、金魚が煮えてしまったのだ。

金魚を盗まれないよう、ビニールシートで密閉していたのが悪かったらしい。

やがて兄貴分らしい男がきて、ふたりを怒鳴りあげた。ふたりの兄ちゃんは、べそをかきながら、死んだ金魚をお碗《わん》ですくっては城の掘割に捨てていた。


昼すぎになって、「娘娘《ニャンニャン》」という中華料理屋で飯を喰った。

ここの名物は肉焼飯で、ラードが効いた焼飯の上に醬油で甘辛く煮た豚バラ肉が載っている。ぎとぎとして、いっぺんで高脂血症になりそうだが、健康に悪い喰いものが好きなのだから仕方がない。

ビールで肉焼飯を流しこんで、金子と交代するために露店にもどった。

金子がまた店の前に坐《すわ》りこんで、頭を抱えている。ちょっと眼を離したら、またサボっているのかと思ったら、金子の隣でふんぞりかえっている男がいた。

一年ぶりに見る赤城は、真っ黒に日焼けしていた。

しかもひとまわり肥って、サッカーボールに手足が生えたような体型だ。年甲斐《としがい》もなく真っ赤なシャツを着て、半ズボンから太い毛ずねをだしている。

おれは、まがまがしいものを見たような気分で、

「どうしたんですか、急に」

「ちょっとこっちに用ができての。どこに店があるかわからんけ、ずいぶん探したで」

「おれのケータイに電話してくれればよかったのに」

「そういう手もあったの」

赤城は、頭のネジがはずれたようなことをいって、

「それはそうと、このTシャツが千九百円ちゅうのは、どういうことや」

「三千円じゃ、どうやっても売れんから、おれが値下げしたんですよ」

「おまえの判断なら、まあええわ」

赤城は、金子に顎《あご》をしゃくって、

「おれは、こいつが勝手に値段をさげたんかと思うて、頭をどやしあげたんや」

金子は、まだ地べたにしゃがんで頭をさすっている。おれの留守中に赤城がくるとは、金子もいい災難だ。

赤城は濁った眼を泳がせて、なにか考えている様子だったが、

「値下げしたんでは銭にならん。おまえの取りぶんは一割や」

赤城は豪傑ふうの外見とちがって、あいかわらず金に細かい。

「一割もいりませんよ。赤城さんがきたんやから、おれは、もう手伝わんでいいでしょう。おれの取りぶんは、金子にやってください」

「バカいえ。おれは忙しいんや。ちゅうても、すこしくらいは手伝うてやろうかの」

赤城は恩着せがましいことをいって、金子に缶ビールを山ほど買ってこさせた。それを水のように呑《の》んでは、Tシャツ、Tシャツ、とわめきたてている。

赤城は、酔いがまわるにつれて、タンカバイもどきの口調になって、

「そちらの一流デパートでくださいちょうだいでいただきますと、一万、二万はくだらない舶来国産の有名ブランドTシャツが——」

「なんですか、その変なコピーは」

おれは、さすがに恥ずかしくなって、口をはさんだ。

「なんやおまえ、寅《とら》さんを知らんのか」

「知らなくはないですけど、ちょっと時代遅れやないですか」

「やかましい。ひとが気持よう売っとるのに、なにを邪魔くっとるんや」

おまえもいわんかい、と赤城は、金子の頭をひっぱたいた。

夕方になって、人通りは一段と数を増してきた。

神社の境内は肩が触れあうような混雑で、そこからあふれた人々が、こっちにも流れこんでくる。昼間は主婦や老人が多かったが、この時間は浴衣姿のカップルも目立つ。

ときおり、これみよがしにタトゥーを露出したB系ファッションの男や、リーゼントに似あわない甚平を着た暴走族ふうの男が通る。そのたびに赤城がいまいましそうに舌打ちをする。おおかた因縁をつけたいのだろうが、商い中だけに我慢しているようだった。

赤城が叫びまわった甲斐《かい》あって、Tシャツはもう半分近くはけている。死んでも売れないと思っていたが、露店というのは、勢いだけでものを買わせる力があるらしい。

段ボール箱からTシャツをだしていると、佐倉がきた。

いつものスーツを着ているが、ネクタイをしていないせいか、別人に見えた。顔つきも、ふだんとはどこかちがう。といって、どうしてそう感じるのかわからなかった。

「露店っていうから喰《く》いもの屋かと思ってたけど、Tシャツとはな」

佐倉は笑みを浮かべて、財布をだすと、

「一枚くれよ」

「なんだって」

「Tシャツをくれっていってるんだよ」

おれは赤城に聞こえないよう、声をひそめて、

「やめとけよ。こんなパチもん」

「いいんだ。記念だから」

「記念って、なんや」

「あした帰るんだ」

「なら、もっとましなもんを探してやるよ。おい、きょうも呑みにいこう」

「いきたいけど、時間がない」

「しゃあないな。こんなんでよけりゃ、やるよ」

おれは、Tシャツを紙袋に放りこんで、佐倉の手に握らせた。

佐倉は、おれのシャツの襟をつまんで、一万円札をなかに落としこんだ。

「バカ。金なんかいらんぞ」

あわてて シャツのなかをまさぐっていると、

「じゃあな」

佐倉は身をひるがえして、雑踏のなかに消えていった。

六時をすぎても、陽はまだ高い。

露店の裏には、缶ビールの空き缶が山積みされている。

「景気づけや。吞め」

赤城は、吞むほどに赤鬼のような形相になって、おれと金子に缶ビールを押しつけてくる。缶ビールが足りなくなるたびに、金子が酒屋に走る。

猛暑のせいでアルコールは汗とともに発散するが、昼から吞んでいると、さすがに酔いがまわってくる。金子がふらふらしながら近寄ってくると、

「あのひとは、何者なんすか。なんで、ぼくを奴隷みたいにあつかうんですか」

「おれもよくわからん。けど、知りあってしもうたら、もう手遅れや」

「なんなんすか、それ。悪魔じゃあるまいし」

六時半をすぎて、そろそろ店にいく時間になった。

「じゃあ、きょうはこれで」

おれがそう切りだすと、

「店なんか休め、きょうは呑むぞ。のう兄ちゃん」

赤城はそういって、金子の背中をどやしつけた。

おれは笑ってごまかしながら、歩きだした。とたんに金子は追いすがってきて、

「あの、保険証かえしてください」

「保険証、保険証って、うるさいのう。いったいなんに使うんや」

「なんにって、ぼくの保険証じゃないですか」

「おまえのもんは、おれのもんや」

「かんべんしてください。サラ金で金を借りるのに保険証がいるんすよ」

「なんでサラ金に借りるんや」

「このあいだ、競馬で負けたから――」

「大学生に貸すサラ金はないやろ」

「だから、知りあいのところで働いているように細工するんすよ」

金子は、おれが考えていたことを口にした。

「なら、うちの店に勤めとることにしろ。ただ勤め先がスナックじゃ、たいして借りられんから、業種はレストランやといえ。在籍の確認は昼間やから、おれが店におって、電話をとればええやろ」

「いいんですか」

「そのかわり、めいっぱい借りて、おれにもまわせ」

「えッ」

「厭《いや》なら、保険証はかえさんぞ」

「わかりました。でも、まわした金はぜったいかえしてくださいよ」

おれが生返事をして保険証をだすと、金子はそれをひったくった。

そのとき、背後から肩を叩《たた》かれた。振りかえったとたん、たちまち顔がこわばった。

堂丸は厭な笑みを浮かべて、

「おまえは、テキヤのまねもするんか」

「――まあ、手伝いで」

ふうん、と堂丸はいって、

「ところで、おまえらは、わしをおちょくってくれたのう」

「なにをですか」

「おまえも明日香も、ええ根性しとるわ」

いいたいことはわかっているが、おれはとぼけて、

「――どういうことでしょう」

「おまえんとこの店は、ホステス喰うてええんか。社長は知っとるんかい」

おれは言葉に詰まって、うつむいた。

赤城が妙な気配に気づいたようで、強い視線をむけてくる。堂丸は続けて、

「まあ、ここでごちゃごちゃいうてもなんや。おれは、いまから用があるけ、あしたでも

ゆっくり話そうやないか。あしたは日曜やけ、店は休みやろう」

「でも、ここの手伝いがあります」

「そんなもん、どうにかせい。あしたの夜十一時に、おまえの店でどうや。ふたりで呑みながら話したらええわ」

堂丸の誘いに乗るのは危険だと思ったが、断っても逃げ場はない。いざとなったら、堂丸をすっぽかして、明日香と逃げるという手もある。

おれが待ちあわせを承諾すると、

「よし、これで決まりやの」

堂丸は、にやりと嗤《わら》って歩きだした。

そのとき、突拍子もないアイデアが浮かんだ。

ここで堂丸と赤城を揉《も》めさせたら、どうなるだろう。ゴリラ対ヒグマみたいなもので、どちらが勝つかわからない。だが、どさくさにまぎれて、突破口が見つかるかもしれない。

赤城なら極道にも顔が利くから、その筋で話をつけてくれる可能性だってある。ひきょうな手段にも思えたが、こんな状況できれいごとはいっていられない。

おれは、先輩に同級生のいじめをチクる高校生よろしく、赤城に駆け寄って、

「すみません。あしたの夜は手伝えません」

「なんでや」

おれは堂丸の背中を指さして、

「あのひとから呼びだし喰らったもんで」

「なんや、あいつは」

「誠神会の幹部です。怖くて逆らえないもんで——」

おれは数秒のあいだに、赤城の神経を逆撫《さかな》でするようなことをならべたてた。

たちまち赤城は、噴火寸前の火山のように顔を紅潮させると、堂丸のあとを追った。

「こら、ちょっと待たんかいッ」

赤城の怒鳴り声に、堂丸が振りかえった。

「なんや、おっさん」

堂丸は怪訝《けげん》な表情で、地面に唾《つば》を吐いた。いい展開だと、おれはほくそ笑んだ。

思ったとおり、赤城は額に青筋を立てて、

「おどれは、誰の前に唾吐いとるんじゃ」

「どこのもんや」

「やかましい。ひとの前に唾吐きくさって、ぶち殺すぞ、きさんッ」

堂丸と赤城は、しばらく無言でにらみあった。堂丸は、赤城より十センチは身長がある。

躯《からだ》の横幅も堂丸のほうが、いくぶん大きいだろう。

しかし赤城の狂気に満ちた迫力が、その差を感じさせない。

「腐れテキヤが、なにをぬかしとるんや、こらッ」

堂丸が痺《しび》れを切らしたように怒鳴った瞬間、

「ごちゃごちゃぬかすな。やるんかやらんのか、はっきりせんかいッ」

赤城はいうが早いか、堂丸の胸を掌《てのひら》でどついた。

堂丸は不意をつかれてよろめくと、すさまじい形相になって、

「おもろいのう、おっさん。やってやろうやないか」

「ここじゃ人目があろうが。はよ、こっちこい」

赤城は手招きをして、森に入っていく。堂丸が殺気をみなぎらせて、あとに続いた。

ふたつの影は、森の奥へ消えた。

おれは、金子に店番をするようにいって、ふたりのあとを追った。

恐らく赤城は堂丸を倒すにちがいない。毒をもって毒を制すだ。おれは胸のなかで快哉《かいさい》を叫びながら走った。

森の奥には、薄汚れた公衆便所があって、その裏でひとの気配がした。

恐る恐るそこを覗《のぞ》いたとき、堂丸がぬっと顔をだした。

とたんに心臓が縮みあがった。

「あした、逃げるんやないぞ」

堂丸は低い声でいって、おれの横を通りすぎた。

急いで公衆便所の裏へいくと、赤城は地面に片膝《かたひざ》をついていた。

脇腹から匕首《ドス》らしい白木の柄が突きでている。

「大丈夫ですか」

「あのガキ、いきなり刺してきやがった」

赤城は絞りだすような声でいって、

「ぜったいに、ぶち殺しちゃる。あいつの家《ヤサ》はどこや」

「知りません。そんなことより救急車呼んできます」

「呼ばんでええ。おれを聖愛医院に連れていけ」

「警察には連絡しないんですか」

「バカか。あのガキが捕まったら、おれが殺せんようになろうが」

赤城はそういって脇腹の匕首を指さすと、

「はよ、これを抜け」

「こういうときは、抜いたらだめだって聞きましたけど。下手に抜いたら、出血がひどくなるって――」

「こんなみっともない恰好《かっこう》で、外を歩けるか」

匕首で刺されながら、外見を気にしても仕方がないが、話してわかる相手ではない。

恐る恐る匕首の柄を握って、力まかせにひっぱった。けれども肉が刃を巻いているのか、まったく動かない。

「貸せッ」

赤城は、おれの手を払いのけると、自分で匕首をひき抜いた。シャツが赤いせいで目立たないが、傷口のあたりには、どす黒い染みができている。

赤城は、匕首を地面に叩きつけて、靴の踵《かかと》で何度も踏みにじった。

おれは赤城に肩を貸しながら、タクシーで聖愛医院にいった。

こんな状況で、この病院にくるとは思わなかったが、昼間とは雰囲気がちがっていた。

受付には、イメクラ嬢ではなく、はじめて見る老婆が坐《すわ》っている。旅館の仲居のような顔つきで、イメクラ嬢以上に看護師らしくない。

おれは受付に急患だといったが、婆さんは急ぐ様子もなく、呑気《のんき》に内線をかけている。

それを赤城に愚痴ると、

「この病院はのう、夜は若い看護師はおらんのや」

「なんでですか」

「なんでって、患者に一発やられるからや」

やがて白髪頭の医者が奥からでてきた。マスクをしていなかったから、すぐにはわからなかったが、よく見れば、いつものヤブ医者である。

「まさか歯が痛いくらいで、急患とかいうんやなかろうの」

とヤブ医者はいった。おれはかぶりを振って、

「患者は、おれじゃないです。でも、先生は歯医者でしょう」

「細かいことをいうな。わしはなんでもできるんや」

ヤブ医者は、おれをにらみつけると、赤城にむかって、

「ひさしぶりやの。きょうは、どうしたんな」

「なに、ちいと刺されただけや」

どうやらヤブ医者と赤城は顔見知りらしい。

ふつう腹を刺された患者が病院にきたら、ストレッチャーくらいでてくるはずだが、あるのは汚いスリッパだけだ。そもそも、歯科と外科を兼ねる医者など聞いたことがない。

ヤブ医者は、赤城と冗談をいいあいながら、手術室に入っていった。

赤城が気楽そうなのはいいが、ケンカをけしかけたのはおれだけに、責任を感じる。もし、万一のことがあったらと思うと落ちつかなかった。

二時間ほど経って、ヤブ医者が手術室からでてきた。白衣が点々と血で汚れている。

赤城の容態を訊《き》くと、腹の脂肪が厚かったおかげで傷は浅く、命に別状はないという。

おれは、ほっとして、いま逢《あ》えるかと訊いた。

ヤブ医者は首をかしげて、

「逢うてもええけど、酒臭い息吐いて、ぐうぐう寝とるぞ。呑《の》みすぎや」

聖愛医院をでて、店に着いたのは十時前だった。

出勤が遅れるのは、前もって連絡したから問題はない。

キッチンの椅子に腰をおろすと、すぐにドアが開いて、明日香が入ってきた。

「どうしたの、いったい」

「金子が日射病で倒れて、病院に連れていったんや」

明日香をおびえさせるのが厭《いや》で、とっさに嘘をついた。

「金子さん、大丈夫なの」

「ああ。それより、売上げは事務所に持っていったか」

「うん。また社長にじろじろ見られたけど」

おれはうなずいて、タバコに火をつけた。

明日香は、どこか納得いかない顔つきだったが、まもなくキッチンをでていった。

おれはストリチナヤをグラスに注いで、あしたのことを考えた。

堂丸は、あすの夜十一時に、この店で逢おうといった。呑みながら話をしようなどといっていたが、あの男がそんな悠長なことをするわけがない。

おれを殴るかおどすかして、明日香と別れさせるのが、ふつうの線だろう。赤城のように刺される可能性もある。ついでに金をせびられるかもしれない。

いずれにせよ、毒をもって毒を制する計画は失敗に終わったから、べつの手を考えるしかない。むろん赤城が黙っているはずがなく、報復を考えているにちがいないが、さすがにここ数日は動けないだろう。

頭のどこかで、逃げろという声がする。

逃げるならあしたでは遅い。今夜のうちに、荷物をまとめてずらかるに限る。

明日香ならホステスのクチはいくらでもあるし、おれもまだ二十五だから、なにか仕事はあるだろう。そこでまた一からやればいい。

いまだって、失うような地位もなければ、財産もない。唯一、失うものがあるとすれば、プライドだが、テレビカメラでもまわっているならともかく、つまらない意地を張ったところで、誰も拍手はしてくれない。

この街が住み慣れているといっても、どこだって住めば都だろう。明日香がいったとおり、沖縄だって楽しいはずだ。

そう思いながらも、いつのまにか明日香のペースにはまっているのが腹立たしい。あの昼メロを観て一喜一憂している小娘が、夜逃げしてまでつきあいたい女だろうか。

いままで女との交際というのは、もっといい女が見つかるまでのつなぎでしかなかった。明日香に対してもそのつもりだったし、明日香だって、ほかに男ができればそうなるかもしれない。いまでもその考えは、ほとんど変わらない。

とっかえひっかえ、ちがう女に乗っかりたい。どんな女だって大差はないとわかっていても、そうせずにはいられないのが男の本能だろう。死ぬまで抱き続けたい女なんているはずもないし、いたとすれば、それは一種の倒錯だ。

とはいえ、最終的に妥協が肝心なのはわかっている。みんなどこかで限界を感じて、倫理だの責任だの、もっともらしいことを自分にいい聞かせているのだ。

おれは、まだ明日香に気があるのか。なにかの義理を感じているのか。それとも堂丸に意地を張りたいだけなのか。それが、わからなかった。

おれはストリチナヤをあおりながら、どうするべきか考えた。

翌日も空は曇っていた。

憂鬱《ゆううつ》の塊のような黒い雲が垂れこめて、昼すぎだというのに、窓の外は薄暗い。やけに湿度が高いから、ひと雨きそうな雲行きで、鳥が地を這《は》うように飛んでいく。

トーストと牛乳で遅い朝飯を喰《く》っていると、

「きょうもテキヤさんなの」

明日香が不満そうに訊いた。

「ああ」

「せっかく日曜なのに、夜はどうするの」

「夜は、ちょっと用がある」

「なんの用よ」

おれは質問には答えずに、

「とにかく夜は外にでるな。あとで連絡するから、ケータイの電源を入れとけよ」

「ねえ、なんかあるんじゃないの」

「なにが」

「よくわからないけど、もしかして堂丸さんと、なんかあったとか」

おれは首を横に振って、でかける用意をはじめた。

堂丸のことは、やはりいいだせなかった。夜逃げも、すでにタイミングを逸している。

「おれが帰るまでは、誰かきても、居留守をつこうてドアを開けるな。ドアチェーンも二重にかけとけよ」

「やっぱり、なにかあるんじゃない」

「おまえは心配せんでいい」

口ではそういいながら、これからどうなるのかという、おびえがある。けれども、今夜で決着をつけると決めたのだ。

赤城の見舞を兼ねて、聖愛医院にいった。

赤城には、堂丸とのトラブルを打ち明けておきたかった。もし、おれになにかあった場合に備えて、全体の状況を把握している人間がいたほうがいい。べつに仇討《あだう》ちをして欲しいわけではないが、おれがやられて堂丸は高笑いというのは我慢できない。

きょうはイメクラ嬢が受付にいる。

赤城の病室がどこか訊《たず》ねると、イメクラ嬢はカルテを繰っていたが、

「そういうひとはいません」

「そんなはずはないよ」

なんべんも訊いたが、イメクラ嬢は、いないの一点張りである。

押し問答をしていると、ヤブ医者が通りかかった。おれは、すかさず呼び止めて、

「赤城さんの病室はどこですか」

「あのおやじには往生するわ。朝見たら、ベッドが空なんや」

赤城は、いつのまにか病室を抜けだして、行方がわからないという。

「あのおっさんに逢《お》うたら、金を払えていうとってくれ。なんなら、おまえが立て替えてくれてもええんやが——」

「本人に必ずいうときます」

赤城はどこにいったのか。ケータイに電話しても、圏外でつながらない。まさか露店にでているはずはないが、あの男のことだからわからない。

病院の入口にむかって踵《きびす》をかえすと、

「お大事にー」

イメクラ嬢の声が追いかけてきた。


きらびやかな山車《だし》が大通りを練り歩いている。

鉢巻きに浴衣姿の男たちが鉦《かね》と掛け声にあわせて、太鼓を打ち鳴らしている。町名を記した提灯《ちょうちん》が灯《とも》る山車のあとから、ぞろぞろと子どもたちが続く。

露店に赤城はいなかった。

金子が疲れきった顔で客引きをしている。きのうの缶ビールがこたえたのか、声に力がないが、叱る気力はなかった。売上げを訊くと、金子は首を横に振って、

「きのうは、あれからどうやったんですか」

「あのおやじなら、大丈夫や」

「でも刺されたんでしょう。どのくらい入院するんすか」

「けさ退院した」

　金子は、ぽかんと口を開けた。その顔に、ぽつりと雨粒が落ちた。

　木々のあいだを縫って、大粒の雨が落ちてくる。

　屋根がないから、Tシャツをだしたままでは、売りものにならなくなる。おれと金子は、大急ぎでTシャツを段ボール箱に入れると、事務机の下にしまった。

　雨は、たちまち勢いをまして、土砂降りになった。

　おれと金子はずぶ濡《ぬ》れになりながら、神社の軒先に駆けこんだ。赤城の居所がわからない以上、なにかあった場合は金子に動いてもらうしかない。

「実は頼みがあるんや」

　と切りだすと、金子はおびえた表情になって、

「なんすか、いったい。まじめな顔でいわれたら怖いですよ」

「きょう、夜の十二時ジャストに、おまえのケータイに電話する。もし電話がなかったら、おまえがおれにかけてくれ。それでも電話がつながらんときは、明日香のマンションにいって欲しいんや」

「――いって、どうすればいいんですか」

おれは駅前にあるホテルの名前を口にして、

「明日香をそこに連れていって、泊まるようにいえ。翌朝になっても、おれから連絡がないときは、おまえが警察に電話するんや」

「警察に、なんていうんですか」

「おれが誠神会の堂丸に殺されたっていえ。公衆電話から偽名でかけりゃあ、おまえに迷惑はかからん」

「殺されたって、そんな」

「実際に殺されとるかどうかはわからんが、それくらいいわなきゃ警察は動かん。それでも動かん可能性もあるけどな」

「それで明日香さんには――」

「どこか、よその街に引っ越すようにいってくれ」

「そんな無茶な。いったいなにするんすか」

「おれはなんもせんよ。なんかしてくるのは、むこうや」

「なんかあるんやったら、手伝いますよ。ぼく、腕力ないけど」

「だから、いま手伝うことをいうたやないか。場合によっては、おれの最後の頼みになるんやから、下手打つなよ」

おれが真剣な顔でいうと、金子はいまにも泣きそうになった。

金子に背をむけて、おれはぺろりと舌をだした。

たしかに危険な局面だが、大げさにいいすぎたかもしれない。必ずしも命のやりとりをするような修羅場があると決まったわけではない。

場合によっては、まるくおさまることだってありうる。いや、ありうると思いたい。もっとも、なにがどうなったら、まるくおさまるのか、さっぱり見当がつかなかった。

雨やどりのついでに、明日香に電話した。

今夜は部屋からでないよう念を押して、

「それで、十二時すぎに金子がきたら、指示どおりに行動するんや」

「さっきは、誰がきてもドアを開けるなっていったけど」

「バカ。金子はいいんや。いいか、ぜったい約束を守れよ」

はあい、と明日香は間の抜けた返事をした。

電話を切ったあとで、いまからでもホテルに泊まらせたほうがよかったかと思った。そうすれば、いちいち金子に動いてもらう必要もない。

けれども、堂丸とのことを話すわけにはいかないし、うまい口実を思いつかない。下手に明日香をうろたえさせると、計画が台なしになりそうだから、あきらめた。

雨は三十分ほどであがって、嘘のような青空になった。

神社の屋根の上に虹がでている。虹というのは、吉兆だったか、凶兆だったか。ガラにもなく、妙なことが気になった。

祇園祭も最終日だけに、夜は人通りがまばらになった。

九時をすぎても、赤城はこなかった。気の早い露店は、もう片づけをはじめている。

Tシャツは三分の一ほど残っていたが、夕方から千円に値下げして、しまいには二枚千円で叩《たた》き売った。このまま売れ残るよりは、いくらかでも現金になったほうがましだろう。

むかいの金魚すくいは、ずっと冴《さ》えない売上げだったようで、ふたりの兄ちゃんは水槽の前で膝《ひざ》を抱えている。

おれは金子をうながして、むかいの店にいくと、

「一回いくら?」

兄ちゃんたちは眼をまるくしたが、すぐに笑顔になって、

「三百円です」

針金を刺したウエハースのカップで金魚をすくった。

ちいさな黒い出目金に狙いをつけて慎重にすくうが、水に浸《つ》けたとたんにウエハースがどろどろ溶けてしまう。おれも金子も五回やって、一匹たりとすくえない。

ちょっとしたカンパのつもりだったが、途中から意地になった。いつのまにか、今夜のことを占う気持になっていた。

何度もやっているうちに、ウエハースを水に浸けないよう、斜めに構えたほうがいいと気づいた。ところが、それでもうまくいかない。

金子が七、八回目に、ようやく二匹をすくった。

おれは十何回目で、ついに目当ての黒い出目金をすくった。
兄ちゃんが気の毒がって、赤いのを一匹くれたから、おれの金魚は二匹になった。

露店を閉めたのは、十時前だった。

金子に片づけをまかせて、おれは駅の方向へ歩いた。

街のネオンにビニール袋を透かして見ると、金魚は突然せまくなった世界を訝《いぶか》る様子もなく、呑気《のんき》にヒレを動かしている。

駅の横にあるソープランド街に入ると、呼び込みたちが、いっせいに声をかけてくる。それを無視して、ひょろ長いビルの前で足を止めた。

ビルの窓には、どぎついピンク色の字で「大人のおもちゃ」と書かれている。

うなぎの寝床のような狭苦しい店内に入ると、さまざまなアダルトグッズが壁といわず天井といわず、ぎっしりならんでいる。おれはバイブレーターやペニスの増大器具に頭をぶつけながら、店の奥へ進んだ。

従業員が客と顔をあわせないよう、天井から板を吊《つる》したレジを覗《のぞ》くと、スフがカウンターに肘《ひじ》をついて、ゲイ雑誌を読んでいた。

「どうしたの、金魚なんか持って」

スフは、おれに気づくと微笑して、大麻によく似た植物の入ったビニール袋をカウンターにならべた。

「規制前に買い溜《だ》めしといたハーブ。大麻《ガンジャ》ほど効かないけど、大量にやれば、そこそこキマるわよ」

「そういうのやなくて、なんか武器になるもんが欲しいんや」

「武器ってなに。最近は警察《ヒネ》がうるさいから、あぶないのは置いてないけど」

「前に電極が飛ぶスタンガンがあったやろ」

「ああ、あれはとっくに発売中止。いまはふつうのしかないわよ」

スフはカウンターの奥から、ホルスターに入ったスタンガンをだして、

「これがいちばん強いやつで、百万ボルト」

スフは無造作にスタンガンのボタンを押した。

バチバチと激しい音がして、青白い火花が飛んだ。

「でかい奴でも倒れるかな」

「首筋とか急所ならね。スタンガンより、こっちのほうがいいかも」

スフは、スタンガンによく似た黒い装置をだして、

「マイオトロンっていって、ＦＢＩが護身用に使ってるんだけど、脳波を遮断して、随意筋を麻痺《まひ》させるってやつ。もう、よそでは売ってないから、お買い得よ」

「あんまり強力すぎても困る」

「なにやんの。拷問？」

スフが眼を輝かせた。

「バカいえ。ただ身を守るだけや」

「そしたら、これはどう」

スフは、黒い懐中電灯みたいなものを取りだした。

「そんなライトが武器になるかな」

「シュアファイアっていって、ネイビーシールズなんかの特殊部隊が使うフラッシュライト。暗闇で眼に照射したら、瞬間的に視力を奪えるの。要するに眼潰《めつぶ》しだけど、これで殴ることもできるし」

「おれは特殊部隊やない」

「あとはナイフに特殊警棒、スラッパー、ブラスナックルとか。そうだ、催涙スプレーはどう。このCNガスとペッパーガスの混合タイプがおすすめ」

スフは、しまいにヌンチャクやマキビシまでだしてきたが、結局はスタンガンを買った。こんなものが堂丸に通用するとは思わないが、あるとないとでは気分がちがう。いざというときは、店に包丁やアイスピックもある。


日曜日の呑《の》み屋街は、閑散と静まりかえっている。

スナックやバーの大半がシャッターを閉ざしているが、風俗店が何軒か、毒々しいネオンを灯《とも》している。客がいそうもない店内から、派手な音楽が流れてくるのがわびしい。疲れた顔の客引きが路上にしゃがみこんで、タバコを吸っている。

店に着いたのは、十時半だった。シャッターを半分ほど開けて、店内の照明をつけた。

堂丸がくるまで三十分ある。

金魚の入ったビニール袋をキッチンに置いて、簡単な準備をした。

洗面所で、ホルスターに入れたスタンガンを腰のベルトにつける。ボックスのテーブルにあるガラスの灰皿を片づけて、かわりに包丁とアイスピックをソファの下に置いた。灰皿をどけたのは、頭をどやされるのを防ぐためだ。

ソファに腰をおろして、タバコを吸った。

十時五十分になって、緊張が高まってきた。無意識のうちに、貧乏揺すりをしている。

堂丸がきたら、とりあえず低姿勢で詫《わ》びようと思う。堂丸には殴られた怨《うら》みもあるが、早い話が、逃げていないというだけで、こっちの言葉でいえば、イモをひいている。

とはいえ、あの赤城をためらいもなく刺すような男が相手である。最低でも、殴られるくらいは覚悟しなければならない。

なるべくなら波風を立てないのが望ましい。

腕時計の針は、十一時をさした。

おれは眼を閉じて、堂丸の足音が聞こえるのを待った。

五分が経ち、十分が経っても、堂丸はあらわれない。手の甲で額をぬぐったら、汗でねっとりと粘っている。

十一時半になったとき、じっとしていられずに立ちあがった。

キッチンにいって、冷凍庫を開けた。

呑んでいる場合ではないが、渇ききった喉《のど》は、アルコールを欲している。ストリチナヤを立て続けにあおると、緊張で凝り固まった神経がほぐれていく。

腕時計が十二時をさすと、もう気分は落ちついていた。じわじわと約束を破られたことに対する怒りがこみあげてきた。

「あの野郎、すっぽかしやがって」

ひとりで毒づきながら、金子のケータイに電話すると、

「よかった。無事にすんだんですね」

「すむどころか、なにも起きてない」

「まあ、いいじゃないすか。電話がなかったら、どうしようかと思ってました」

電話を切ると、すっきりしない気分で、帰り支度をはじめた。

そのとき、堂丸に電話してみようと思った。さっきまでは考えもしなかったが、堂丸のケータイの番号は掛売り台帳に書かれている。

下手に電話したら、堂丸はまた怒るかもしれないが、約束を破ったのはむこうだ。どうして時間どおりにこなかったのか、理由を知りたかった。

掛売り台帳を見ながら、堂丸の番号を押していると、妙な感覚にとらわれた。この電話番号は、どこかで見たような気がする。前に一度、堂丸のケータイにかけたことがあるから、そう感じても不思議ではない。

けれども直感は、ちがうなにかを訴えていた。

つい最近、おなじ電話番号を見たおぼえがある。そう思って着信履歴をスクロールすると、思ったとおり堂丸のケータイの番号があった。

日付けは五日前、先週の水曜日になっている。時刻は午前四時だ。

ところが、堂丸から電話があった記憶はない。それどころか、堂丸は、おれのケータイの番号を知らないはずだ。

すると電話をかけてきたのは、誰なのか。

先週の水曜日に電話をかけてきたのは、細沼だ。

それを思いだした瞬間、冷たいものが背筋を駆け抜けた。

明日香のケータイに電話すると、呼び出し音が何度か鳴って、ぷつりと切れた。即座にかけなおしたが、つながらなくなっている。

あわてて電源を切ったという雰囲気で、一気に胸騒ぎがしてきた。

急いで店を閉めると、ビルの外へでた。金魚は放っておこうかと思ったが、このまま死なすのも縁起が悪い気がして持っていった。

タクシーを拾って、明日香のマンションにむかった。

車のなかで、混乱する頭を整理した。

細沼は、なぜ堂丸のケータイから、おれに電話してきたのか。ふたりに面識はないから、堂丸のケータイを細沼が借りることはありえない。ありえるとすれば、考えられる状況はひとつである。

堂丸が細沼を生け捕って、監禁している場合だ。

監禁する理由は、いうまでもなく細沼が奪った金がらみだろう。ということは、誠神会ともつながりのある「マルタマ会館」の社長が追いこみを依頼した可能性が高い。

細沼は監禁された段階で、恐らく自分のケータイを奪われている。だから細沼はすきを見て、堂丸のケータイで、おれに助けを求めたのだ。

ところが、それを監禁している誰かに見つかったか、見つかりそうになるかして、あわてて電話を切った。そう考えれば、話の筋が通る。

したがって細沼を消したのは、堂丸かその手下だと考えられる。

あらためて堂丸に対するおびえが湧いた。細沼がおれに電話したのを、堂丸は知っているのだろうか。もし知っていたら、事態はさらに深刻で、明日香の件がなくても、おれは狙われる運命にある。


マンションからすこし離れたところで、タクシーをおりた。

もし明日香の部屋でなにかが起きていた場合、車の音を聞かせるのはまずい。注意深く周囲を窺《うかが》いながら、マンションまで歩いた。

二階を見ると、部屋の明かりは消えている。明日香が外出するときは、いつも照明をつけっぱなしだから、部屋にいるのかもしれない。

しかし部屋にいるのなら、おれの電話にでるはずだ。

つまり、なにかが起きている。

足音を忍ばせて階段をのぼって、部屋の前に立った。耳を澄ませても、部屋のなかからは、なんの物音も聞こえない。

鍵《かぎ》を開けると、シリンダー錠が解けるカチリという音が、やけに大きく響いた。

ゆっくりとノブをまわして、ドアを開けた。

いざというとき走れるよう、土足のままで部屋に入った。

おれはすばやく、暗い室内に眼を走らせた。予想に反して、どこにも不審な点はない。

明日香がいないのは不安だったが、ひとまず肩の力が抜けた。

キッチンの明かりをつけると、金魚を大きめのグラスに入れた。テーブルの上にあった食パンをちぎって落としてやると、金魚は競うようにつついている。

その瞬間、肩に重い衝撃があった。

痺《しび》れるような激痛が走って、床に膝《ひざ》をついた。

振りかえると、背後に男がいた。

堂丸の舎弟の蛭川だ。木刀を持って、厭《いや》な笑みを浮かべている。Tシャツの袖《そで》がぱんぱんになるほど太い腕に藍色《あいいろ》の蛇が這《は》っている。

痛む肩を押さえて、おれは立ちあがった。

「明日香は、どこへいった」

「知らんのう」

蛭川は、木刀で自分の首筋を叩《たた》きながら、こちらに近づいてくる。

「堂丸の指図か」

「おまえの知ったことやないわ」

スタンガンのホルスターに、そろそろと手を伸ばした。

その瞬間、蛭川の木刀が一閃《いっせん》して、おれの右腕を打った。

続いて、みぞおちに鋭い突きがきた。

内臓を吐きだしそうな痛みによろめいて、流し台にもたれかかった。蛭川は木刀を放りだすと、おれの首筋を両手でつかんで、シンクのなかに突っこんだ。ステンレスの底に頭がぶつかって、目蓋《まぶた》の裏に火花が散った。

蛭川は、おれを押さえこんだまま、水道の蛇口をひねった。水がほとばしって、おれの髪を濡《ぬ》らした。鳥肌が立つほど冷たい水が、眼や耳に流れこんでくる。

蛭川は、おれの顔をシンクの底にぐいぐい押しつける。スタンガンを抜こうにも、蛭川が背中にのしかかっているせいで、腰に手が届かない。

眼の前の排水口から、生ごみの異臭がする。

「どうや、冷たいやろ。かわいそうやから、ぬくうしちゃるけの」

蛭川は、水道のハンドルを熱湯のほうにまわした。

ぼおッ、と湯沸かし器が点火する音に、戦慄《せんりつ》が走った。

渾身《こんしん》の力で上半身を持ちあげようとしたが、蛭川の軀《からだ》は、みじんも動かない。

「いま顔を煮ちゃるけ、じっとしちょれや」

蛇口からほとばしる水は、もうなまぬるくなっている。

必死でもがいていると、スポンジやタワシや洗剤がシンクのなかに転げ落ちてきた。

三角コーナーが倒れて、玉子の殻が鼻先にぶつかった。

顔が熱い。水は、まもなく熱湯になる。

熱湯で火傷《やけど》した皮膚には毛が生えない、と誰かがいっていた。

硫酸で恐ろしい顔になったのはカシマさんだったか。あたしきれい？　という質問にはなんと答えれば助かるのだったか。恐怖のせいか、どうでもいいことが次々に浮かんでくるが、そういう場合ではない。

顔面を伝う湯が、耐えがたい熱さになってきた。

そのとき、眼の前に転がっている洗剤に眼がとまった。おれは洗剤を両手でつかむと、容器の先を肩越しにむけて、力の限り押しまくった。

粘っこい液体が勢いよく噴出すると同時に、背後でうめき声がした。

軀を押さえつけていた力が、ふっと遠のいた。

おれは蛭川をはねのけて、流し台から軀を起こした。蛭川は両眼を押さえて、キッチンの床にしゃがみこんでいる。

急いで木刀を拾うと、蛭川の頭に振りおろした。蛭川が悲鳴をあげて、床に転がった。

その背といわず腹といわず、木刀をふるった。

突然、蛭川が半身を起こして、木刀をつかんだ。見開いた眼が、恐ろしいほど真っ赤に充血している。蛭川は、すさまじい力で木刀を握って離さない。

おれは狼狽《ろうばい》して、蛭川の口のあたりを力まかせに蹴《け》り飛ばした。なにか硬いものが砕けるような感触が爪先にあって、蛭川はのけぞった。

その顔に膝蹴りをくらわすと、蛭川は、がくりと軀を折った。恐る恐る顔を覗《のぞ》きこんだら、失神したようで白眼を剝《む》いていた。

キッチンのなかは、もうもうとした湯気で霞《かす》んでいる。おれは湯を止めて、流し台の引出しから菜箸《さいばし》をだした。

蛭川は、まだ気を失っている。髪をつかんで顔を起こすと、菜箸を一本ずつ鼻の穴に差しこんだ。おれは、左手で髪をつかんだまま、右手のてのひらで二本の菜箸を突いた。昔、佐倉から教わった在日式のやりかただ。

ほんのすこし突いただけなのに、鼻の穴から鮮血が流れだした。血は菜箸を伝って、おれの右手を濡らした。

蛭川は、うなり声をあげて、意識を取りもどした。髪をつかんだ手を振りほどこうとしたが、菜箸をついたら、おとなしくなった。

「明日香はどこへいった」

「知らん」

蛭川の唇から白いものがこぼれて、フローリングの床で硬い音をたてた。歯だ。

「早く明日香の居場所をいえッ」

じわじわと菜箸を差しこんでいくと、蛭川は顔をゆがめて、

「殺したるぞ、きさんッ」

腫《は》れあがった唇から血泡を飛ばした。鼻からはピンク色の鼻汁が垂れている。

「おれを殺すまえに、この箸を目ん玉まで突きとおすぞ」

蛭川は黙っている。

「もうええわ」

菜箸に添えた手に力をこめたとき、

「待て――女は、堂丸さんとこのマンションや」

「場所はどこや」

蛭川は、鼻血にむせながら、堂丸の住所を吐いた。

「嘘やったら、今度は耳の穴に箸を突っこんだる」

「嘘やない」

「なんで、この部屋で待ち伏せとった」

「おまえを生け捕ったら、堂丸さんに連絡する予定やった」

くくく、と蛭川は低い声で嗤《わら》って、

「おまえ、堂丸さんに消されるで」

おれは鼻から菜箸を抜くなり、蛭川の顔面を床に叩きつけた。

すかさずスタンガンを抜いて、首筋に電極をあててボタンを押した。

次の瞬間、蛭川の軀が弓なりに反って、そのまま動かなくなった。

ふたたび失神した蛭川のズボンを探った。ポケットから財布とケータイ、それにピッキングに使う細長い工具がでてきた。部屋に入るのに使ったらしい。

財布のなかには、金のほかに、シャブらしい白い粉末が入ったビニール袋があった。

ケータイを自分のポケットに入れて、財布は蛭川のズボンにもどした。

キッチンの明かりを消して、蛭川の両脇に手を入れて、ひきずった。

眼を覚ましたら、またスタンガンをお見舞いするしかないが、蛭川は口を半開きにして、失神したままだ。

廊下にでて、あたりを見まわすと、マンションは静まりかえっている。さっきの騒ぎに気づいた住人はいないらしい。

ドアに鍵《かぎ》をかけてから、蛭川を一階までひきずりおろした。蛭川の軀をマンションの前に横たえたときには、軀じゅうが汗まみれになっていた。

蛭川のケータイをだして、一一〇番を押した。

「シャブ中が道に倒れているんです」

電話にでた警官にそういうと、場所だけ告げて、電話を切った。これで蛭川は動けない。財布からシャブがでた時点で、豚箱いきだ。

おれは、蛭川のケータイを道ばたのドブに放りこんで、一気に走りだした。

堂丸のマンションにいくつもりで、タクシーを探していると、不意に迷いが湧いた。

蛭川がいったとおり、堂丸は、おれを殺すつもりなのだ。

そこへのこのこでかけていくのは、飛んで火に入る夏の虫である。明日香を助けるためとはいえ、蛭川にさえやられかけたのに、堂丸が相手では勝てる自信がない。

仮に堂丸を倒したところで、今度は誠神会の追いこみが待っている。蛭川を痛めつけた以上、誠神会がおれに報復するのは確実だ。

また頭のどこかで、逃げろ、と声がする。

ここはいったん逃げて、警察に堂丸を捕まえてもらうのが確実だろう。

堂丸が女を監禁していると警察に電話して、すぐに捜査が入れば、明日香は助かる。映画ではあるまいし、おれが堂丸と渡りあって、明日香を助ける必要はない。そう思ったとたんに、歩調が遅くなった。

堂丸のマンションに乗りこむか、それとも警察に電話するか。

悩みながら歩いていると、クラクションが鳴った。

おれのすぐ横に、黒いリンカーンナビゲーターが停まっている。地元ではあまり見かけないせいか、バカでかい車体に威圧感がある。

車の窓がおりて、スキンヘッドの若い男が顔をだすと、

「やっと見つけたぞ」

「——誰や」

おれが首をかしげると、男は道路に唾《つば》を吐いて、

「忘れたんか。くらしあげるぞ、きさんッ」

その声を聞いて、ようやく思いだした。

一度は駅前で階段から突き落として、二度目は佐倉にからんでいたのをゴキブリホイホイで撃退したキティちゃんだ。髪の毛がないので気がつかなかった。

「またおまえか。きょうは遊んどるひまはないぞ」

そういって歩きだしたとき、背後で車のドアが開く音がした。

「待てや、こら」

肩をつかまれて振りかえると、キティちゃんはひとりではなかった。

キティちゃんとおなじくらい脳味噌《のうみそ》が足りないような男たちが、ぞろぞろと車からおりてきた。男が五人もいるのを見て、下腹が冷たくなった。金属バットやバールを持った奴もいる。

「きょうはきっちり、落とし前つけちゃるけの」

キティちゃんは仲間がいるせいか、得意満面でいった。

六対一では逆らっても勝ち目はない。

「すまん。ほんとに忙しいんや。かんべんしてくれ」

おれは頭をさげたが、キティちゃんは調子に乗って胸ぐらをつかんできた。

「かんべんしてくれやと。どの口がいうとるんや」

キティちゃんが顔を近づけてくると、シンナーとにんにくが混じったような、とてつもない口臭がした。鼻には、おれが潰《つぶ》したときの傷が、まだ赤く残っている。

おれは大きく溜息《ためいき》をついて、空を仰ぐように顔を反らした。

「どこ見とるんじゃ。こらッ」

キティちゃんが、赤い鼻に小皺《こじわ》を寄せて怒鳴った。

次の瞬間、その鼻を目がけて、思いきり頭を振りおろした。

ごつッ、と鈍い音がして、キティちゃんは両手で鼻を押さえた。軟骨が折れたような感触が、じんと痺《しび》れた頭に残っている。おれは全速力で走りだした。

「待たんか、こらッ」

「ぶち殺せッ」

仲間の男たちが、口々にわめきながら追ってくる。

逃げ切れる自信はなかったが、運よく空車のタクシーが通りかかった。

おれがタクシーに乗りこむと、男たちは自分たちの車にひきかえした。連中はすぐに追ってくるにちがいない。

「どちらまで」

運転手が呑気《のんき》な声で訊《き》いた。一瞬迷ってから、駅までと告げた。キティちゃんたちをまくには、地理がわかっている場所がいい。

タクシーは、のろのろと走りだした。

「悪いけど、急いでるんや。もうちょいスピードだしてくれ」

「これでも充分だしてますけどねえ」

道路は空いているのに、タクシーはプロ野球の優勝パレードのような速度で進んでいる。うしろを見ると、黒ナビが猛スピードで迫ってきた。

「頼むよ、運転手さん」

「そうはいうてもね。制限速度ちゅうのがあるからねえ」

「スピードだせちゅうたら、ださんかいッ」

おれは怒鳴ったが、運転手は黙っている。

そのとき、おれのケータイが鳴った。着信表示は明日香だ。おれは勢いこんで、

「大丈夫か。いま、どこにおるんか」

明日香はなにも答えない。ただ、息を殺しているような気配が伝わってくる。

堂丸のところか、と訊《たず》ねようとして思いとどまった。

電話の相手は、明日香ではないかもしれない。言葉に詰まっていると、通話は切れた。

やはり、いまの電話は明日香からではない。恐らく堂丸だ。蛭川と連絡がとれないのを不審に思って、明日香のケータイで探りを入れてきたのだろう。

ふと堂丸に組み敷かれている、明日香の姿が浮かんだ。それは、たまらなく厭《いや》な映像だった。このままでは、死ぬまで頭にこびりつきそうだった。

黒ナビは、横にならびかけてきて、けたたましくクラクションを鳴らしている。

その瞬間、次の行動が決まった。

「おっさん、行き先変更や」

おれは堂丸の住所を叫んだ。だが、運転手はあいかわらず黙っている。

ホルスターからスタンガンを抜いて、ボタンを押した。

バチバチと耳障りな音が響いて、電極のあいだを稲妻のように火花が飛んだ。

運転手は、こちらを振りかえると眼を剝《む》いて、急ブレーキを踏んだ。おれは前につんのめりながら、運転手の首にスタンガンを穴があくほど押しつけた。指はボタンから離しているが、運転手は電流を浴びたように震えている。

黒ナビは、タクシーの前に停まって、男たちがおりてきた。

「おまえの眼から火花だすんと、スピードだすんとどっちがええんか」

おれがそういった瞬間、運転手はアクセルを踏みこんだ。車の前に立ちはだかった男たちが悲鳴をあげて、飛びのいた。

タクシーは、おれが心配になるようなスピードで疾走した。

壁面に白いタイルを張った派手なマンションの前で、タクシーをおりた。

あたりは住宅街だが、ラブホテルや連込み旅館が多くて治安の悪い地域である。

蛭川が嘘をついていなければ、このマンションに堂丸が住んでいるはずだ。

駐車場にはベンツやセルシオといった、堅気が乗らないような車ばかりが停めてある。エントランスは悪趣味な王宮調で、自動ドアの両脇にライオンの彫刻が胸を張っている。自動ドアを抜けると、管理人室があったが、深夜とあって無人である。管理人室の横には、背の高い観葉植物の鉢があって、そのむこうに郵便受けがならんでいる。郵便受けに記された部屋番号は一〇一から六〇三まである。つまり各階に入居者は三戸ずつの六階建てだ。住人がいないのか、郵便物があふれかえっている郵便受けもある。蛭川から聞きだした堂丸の部屋は六〇一だったが、むろん郵便受けに名前はない。奥に進むと、また自動ドアがあった。

その先はエントランスホールで、エレベーターが一基ある。

ところが自動ドアの前に立っても、開かない。

いまさらのようにオートロックだと気づいて、舌打ちをした。

明日香のマンションではあるまいし、やくざの幹部がオートロックのないマンションに住んでいるほうがおかしいが、頭に血がのぼっていたせいで、なにも考えていなかった。

自動ドアの横に部屋番号を入力するテンキーとインターホンがある。

堂丸の部屋番号を押そうとして、思いとどまった。おれがきたのをバカ正直に名乗ったところで、堂丸を警戒させるだけで、なんの意味もない。

となると、ほかの部屋の番号を押して、ドアを開けさせるか。けれどもドアを開けさせる口実を思いつかない。宅配便のふりをしようにも、すでに時刻は一時である。

誰か住人が帰ってくれれば、そのあとについていけるが、この時間ではいつまで待てばいいのかわからない。自動ドアを壊そうにも、ガラスには警備会社のステッカーが貼られている。下手にいじれば、警報が鳴るにちがいない。

インターホンを見ると、幸い防犯カメラは設置されていない。だが部屋の前にはあるだろう。すると、ここを突破したところで、堂丸の部屋の前で立ち往生だ。

おれがきたのがわかれば、堂丸は匕首《ドス》の一本も抜いてからでないと、ドアを開けないに決まっている。

自動ドアをすんなり開けたうえで、堂丸の部屋に侵入して、明日香を助けだす。そんな都合のよい方法があるはずがない。

絶望的な気分になっていると、外で車が停まる音がした。住人がきたかと思って、入口の自動ドアを覗《のぞ》いた瞬間、ぎょっとした。

駐車場に黒ナビが停まって、キティちゃんたちがおりてきた。

てっきりまいたと思っていたが、まだおれを追っていたらしい。あいつらが入ってきたら、明日香を助けるどころではない。

どうにかして、入口の自動ドアを閉める方法はないか。

あたりを見まわすと、管理人室の横の観葉植物が眼についた。ゴムの木だか幸福の木だか知らないが、幹を握ってみると充分に硬い。おれは、それを鉢からひっこ抜いた。

自動ドアは片開きだから、突っかい棒は一本で足りる。大急ぎで観葉植物を自動ドアのレールに差しこんだとき、キティちゃんの顔がガラスに貼りついた。

キティちゃんたちは、ものすごい形相で自動ドアをがんがん叩《たた》いている。こんな光景をゾンビ映画で観たことがあるが、くだらないことを考えている場合ではない。

キティちゃんがドアを破る前に、堂丸の部屋にいくしかないのだ。

もう、なにも考えている余裕はなかった。

テンキーに伸ばした指が、かすかに震えた。

深呼吸をして六〇一のボタンを押すと、チャイムの音がして、

「――誰や」

堂丸の不機嫌な声がした。

「夜分に恐れ入ります。警備の者ですが、下の駐車場で車が壊されていると、住人のかたから通報がありまして」

「なんやと」

「なんでも若者が暴れているそうで、いま係の者が急行しておりますが、とりあえずお車のご確認をしていただければと――」

喋《しゃべ》っている途中で、インターホンは切れた。とっさの思いつきだったが、われながらうまく喋れた。恐らく堂丸は下におりてくる。

おれは、郵便受けからはみでている封筒やダイレクトメールを抜いて、ズボンのポケットにねじこんだ。

管理人室の陰に隠れて、エントランスホールを窺《うかが》っていると、エレベーターのドアが開いて、堂丸がでてきた。前に見た白いスエットの上下を着て、大股《おおまた》で歩いてくる。

オートロックの自動ドアが開いたが、堂丸は、おれに気づかず通りすぎた。

次の瞬間、閉まりかけた自動ドアに軀《からだ》をすべりこませた。

エントランスホールを横切って、エレベーターに飛び乗ると、六階のボタンを押した。

心臓が破れそうなほど、鼓動が激しい。

堂丸は入口の突っかい棒とキティちゃんたちを見て、どんな反応をするだろう。堂丸とキティちゃんたちが揉《も》めるのがベストだが、どうなるかはわからない。

六階でエレベーターをおりると、ドアの先端に、郵便受けから抜いた封筒の束をねじこんだ。エレベーターのドアには、指や軀をはさまないよう、セーフティシューと呼ばれる出っぱりがある。それをひっこんだ状態で固定すれば、ドアは閉まらない。したがって、エレベーターは六階で停まったままである。

東京で引っ越し屋のバイトをやっていたときに、よく使った手だ。

これで堂丸をいくらか足止めできるが、それもわずかな時間である。堂丸はすぐに階段であがってくるだろう。

廊下を走って、六〇一号室のドアを開けた。

堂丸は急いで部屋をでたらしく、鍵《かぎ》はかかっていない。

部屋に飛びこんで、あたりを見ますと、明日香はリビングの床に倒れていた。そばにシヨルダーバッグとケータイが転がっている。

テーブルの上には、堂丸が使ったのか、注射器と止血用のゴムバンドがある。

「おれや。早く起きろッ」

明日香を抱き起こして、軀を揺さぶった。明日香は、うっすらと目蓋《まぶた》を開けたが、眼の焦点があっていない。なにか薬でも打たれたのかもしれない。

「逃げるぞ。急げッ」

おれが叫ぶと、明日香は弛緩《しかん》した表情でうなずいた。

だが、軀に力が入らないのか、足元がふらついている。肩を貸して、ようやく立ちあがらせると、木刀で殴られた傷が激しく痛んだ。

ふと玄関のほうで、カチャリと音がした。

堂丸がもどってくるには早すぎると思ったが、そのときにはもう憎悪にたぎった顔がこっちをにらんでいた。恐らく駐車場へいく前に、おれの嘘に気づいて、ひきかえしてきたのにちがいない。

堂丸は、ものもいわずに突進してきた。腫《は》れぼったい眼が怒りに充血している。

明日香を床におろして、腰のホルスターからスタンガンを抜いた。

次の瞬間、丸太のような太い腕が、おれの手をなぎ払った。

スタンガンはボタンを押すひまもなく、叩き落とされた。足元に転がったそれに手を伸ばしたとき、口元に拳《こぶし》がめりこんで、軀が宙に浮いた。

おれは、ぼろ人形のように吹っ飛んで、壁に叩きつけられた。

入れたばかりの仮歯が砕け散ったようで、口のなかがジャリジャリする。唾《つば》を吐きだすと、血まみれになった仮歯の破片が唇からこぼれでた。口の粘膜を切ったようで、塩辛い液体があふれてくるが、かまってはいられない。

壁にすがって立とうとすると、堂丸の足が顔面めがけて飛んできた。

とっさにしゃがみこんで、両手で顔をかばった。堂丸はガードの上から強烈な蹴《け》りを入れてくる。必死でこらえていたが、何発目かの蹴りが左耳に入った。

その瞬間、耳の穴に棒を突っこまれたような激痛が走った。ごおッ、と風が鳴るような音で、鼓膜が破れたのがわかった。

おれは計画を誤ったのを後悔した。

堂丸がこれほど早くもどってくると思わなかったのもあるが、明日香と一緒に逃げることばかり考えて、防戦の用意をしていなかった。

堂丸が部屋に入ってこられないよう、ドアを開かなくするとか、家具でバリケードを作るとか、時間をかせぐ方法はたくさんあった。

そのあいだに迎え撃つ準備をしておけば、こうまであっさりとはやられなかっただろう。最悪の場合、警察に助けを求めてもよかったのだ。

堂丸の蹴りを浴びながら、あれこれ悔やんでいるうちに眼の前が暗くなった。

胸が押し潰《つぶ》されるような息苦しさで、われにかえった。

どのくらい意識を失っていたのか、目蓋を開けると、巨大な尻《しり》が眼の前にあった。

堂丸は、おれに背中をむけて、胸の上にまたがっている。押しのけようともがいたが、ずっしりと脂肪をたくわえた軀はびくともしない。

「ごそごそすんなや。こそばいで」

堂丸はしわがれた声で嗤《わら》って、光るものを右手でかざした。それが柳刃の包丁だと気づいて、おれは動きを止めた。左耳から、破れ障子に風が吹きこむような音がする。

「蛭川は、どうしたんや」

「いまごろは豚箱や。もうじき、ここにも警察がくるぞ」

ふふん、と堂丸は鼻を鳴らして、

「蛭川のガキも、使えん奴や。おまえと一緒に殺したる」

「なんで、おれを殺すんや」

「細沼のことを誰かに唄《うと》うたか」

「いや、誰にもいってない」

「おまえのいうことは信用できんの」

「ほんとうにいってない。っていうか、なんの話かもわからん」

ははは、と堂丸は乾いた声で嗤って、

「まあ、どっちでもええわ。おまえを殺すのは変わりない」

おれは溜息《ためいき》をついて、

「明日香に、なにをしたんや」

「なんかするんは、いまからや。おまえがきてくれたけ、楽しみが増えたわい」

「ふざけるな。殺すんなら、さっさと殺せッ」

「さあ、なんをしてやろうかのう」

堂丸は猪首《いくび》をかしげて、

「そうや。おまえの臭いキンタマを、この女に喰《く》わしちゃろう」

堂丸はそういって、おれのズボンのファスナーに手をかけた。

「ちょっと、やめろ。おいッ」

思わず声がうわずった。

死にもの狂いで背中や脇腹を殴ったが、堂丸は身じろぎひとつしない。明日香に手助けを求めようにも、うつぶせに倒れたままだ。

堂丸は、とうとうファスナーをおろした。ごつごつした手が股間《こかん》をまさぐる感触に、鳥肌が立った。これ以上ないほど、股間が縮みあがっているのがわかる。

堂丸のざらざらした指が、縮こまったものをひきずりだした。

これからされることを想像すると、悪寒とともに吐き気がした。

役立たずになって、スフの彼女になるのはごめんだった。

「やめろッ。やめてくれッ」

むだだと思いながらも、半狂乱になって叫んだ。

堂丸は、縮こまったものを指でひっぱりながら、

「赤いウインナーでタコを作るやろう」

ひとりごとのようにいった。感情のこもらない、ぞっとするような声だった。

おれが返事もできずにいると、堂丸は続けて、

「あんなふうに、縦に刻んじゃろう」

かちかちと奥歯が鳴って、全身に震えが走った。

ひやりとした金属の感触が、敏感な先端を撫《な》でた。

喉《のど》の奥から絶叫が衝きあげてきた瞬間、

「おいッ」

どこかで男の鋭い声がした。

堂丸は、びくりと軀を震わすと、ゆっくりと腰をあげた。

次の瞬間、おれの頭上を、ものすごい勢いで人影がよぎった。

「うおッ」

と堂丸が獣のように吠《ほ》えた。いったい、なにが起きているのか。

あわててズボンのファスナーをあげて、壁際にあとずさった。

とたんに眼を見張った。

堂丸に抱きつくようにして、男がぶつかっていた。男の腕の隙間から、匕首《ドス》らしい白い

鞘《さや》が見える。堂丸は、包丁を振りあげたまま硬直している。

「どこのもんや、きさんッ」

堂丸は、あえぎながらいった。額から玉のような汗が噴きでている。

「関八だ」

男は低い声でいうと、腰を突きあげるようにして、匕首を喰いこませた。

堂丸の手から、包丁が落ちた。

しばらくのあいだ、ふたりはそのままの姿勢で立っていた。

やがて堂丸の眼から光が消えた。男が躯《からだ》を離すと、堂丸は崩れるように倒れた。白いスエットスーツが、どす黒い血で染まっている。

男は匕首を床に放りだして、こちらをむいた。

「佐倉――」

おれはそういったきり、言葉を失った。

佐倉は、床にへたりこんでいるおれに手を伸ばした。

その手を握って、よろよろと立ちあがった。なぜ佐倉がここにいるのか。なぜ堂丸を刺したのか。さまざまな疑問が渦巻いている。

佐倉は、おれが口を開こうとするのをさえぎって、

「とりあえず彼女を病院に連れていこう。こいつの車のキーを探してくれ」

堂丸の躯は小刻みに痙攣《けいれん》している。恐る恐るスエットスーツを探って、ポケットからキ

ーを取りだした。ベンツのキーだ。佐倉にそれを渡すと、

「どこか警察《サツ》と縁のない病院はあるか」

そんな病院といえば、ひとつしかない。深夜だが、一応は総合病院だから、診察はするだろう。

明日香は床に倒れたまま、いまだに意識が朦朧《もうろう》としている。抱き起こすと、どうにか歩けそうだった。おれと佐倉は、明日香をまんなかにはさんで、堂丸の部屋をでた。

エレベーターで一階におりると、どういうわけか自動ドアのガラスが粉々に砕け散っていた。そばにバールが転がっているのを見て、厭《いや》な予感がした。

警備会社の制服を着た男がふたりいて、ひとりは手帳にメモをとっている。もうひとりはケータイで誰かと喋《しゃべ》っている。おれは、たちまち緊張したが、

「ちょっと急病人がでましてね」

佐倉は、明日香を顎《あご》でしゃくって会釈した。

警備員たちは、おれたちを住人だと思ったようで、笑顔で頭をさげた。

入口の自動ドアも、おれが突っかい棒をしていたせいか、ガラスが粉々になっていた。その頃になって、キティちゃんのことを思いだした。あいつらがまだうろついていたら、面倒なことになる。

不安を感じながらマンションをでたとたん、眼をしばたたいた。

キティちゃんとその仲間たちは、そろって地面に伸びていた。

いったい誰にやられたのか、みな顔を腫《は》らして苦しげにうなっている。怪物にでも襲われたような様子に首をひねっていたら、

「おれだよ」

と佐倉が微笑した。


佐倉の運転で、聖愛医院へいった。

きょうこそはちがう医者がでてくるかと思ったら、またしてもヤブ医者がでてきた。ヤブ医者は、明日香を診察してから、点滴を打った。そんな治療で大丈夫かと思ったが、ヤブ医者によれば、酒と一緒に薬を呑《の》んでいるが、しばらく寝ていれば治るという。

「トリアゾラム――ハルシオンとかアップジョンちゅうたほうがわかりやすいか。要するに睡眠導入剤を呑んだんやろうが、呼吸も血圧も安定しとる」

ヤブ医者は上目遣いで、おれをにらんで、

「おまえが呑ませたんか」

「ちがいますよ」

「寝とるところを犯そうと思うたんやないんか。このドスケベが」

「こいつは、おれの彼女ですよ」

病室は薄汚い四人部屋だったが、ベッドはすべて空いている。入院患者が夜這《よば》いにきそうもないのに安堵《あんど》した。

明日香が病室で寝ているあいだに、左耳を診てもらうことにした。またヤブ医者が担当するのかと思ったら、やっぱりそうだった。

ヤブ医者は、おれの左耳をライトで照らしながら、

「たしかに鼓膜が破れとるが、どうちゅうことはない。一週間も経てば、くっつくやろ」

「ほんとですか」

「おまえは、わしが信用できんのか」

「いや、感心しているだけです。先生は歯科と外科と内科と、耳鼻科もやるんですね」

「うちは総合病院やからな」

ヤブ医者は意味不明ないいわけをして、

「ところで、赤城のおっさんはどうなっとるんか。まだ金を持ってこんぞ」

「また、いうときます」

「きのうきょうと、おまえらは、いったいなにをやっとるんか」

「ちょっと、ごたごたがあったもんで――」

「ごたごたもええけど、はよ金を持ってこんと、警察《サツ》にチクるぞ」

診察室をでると、佐倉は待合室の椅子に坐《すわ》っていた。

「どうだった、耳は」

「すぐくっつくらしい。すまん、おかげで助かったわ」

おれは頭をさげたが、佐倉は首を横に振って、

「偶然さ。おまえを助けにいったわけじゃない」

「そんな偶然があるもんか」

「おまえが邪魔しなかったら、もっと早くに堂丸を片づけてたんだ」

「どういうことや」

おれは、佐倉の隣に腰をおろした。

「このあいだ、料亭の近くでおまえと逢《あ》っただろ」

「ああ」

「あんとき堂丸を殺《や》るつもりだった。でも、おまえが通りかかってあきらめた」

道理であの夜、佐倉は機嫌の悪い顔をしていたわけだ。

「じゃあ、おれの店にきたのも——」

「ああ、堂丸が出入りしている店をあたってたら、おまえがいたんで驚いたよ」

「ずっと、尾行してたんやな」

「今夜だって、堂丸のマンションを張ってるところに、またおまえがやってきた。あとを追おうと思ったら、ガキどもが邪魔しやがった」

と佐倉は苦笑した。

あれだけの人数をよく一瞬で倒せたと思ったが、堂丸を殺した手際からすれば、不思議ではない。佐倉が堅気の仕事ではないのは、関八と名乗った段階でわかっている。

「堂丸を殺った理由はなんなんや」

「組の仕事だ」

「なんで、いままで黙ってた」

「おまえにも、仕事のことはいえんよ」

「組に入ったんは、いつ頃や」

佐倉は、しばらく黙っていたが、溜息《ためいき》とともに口を開いた。

「あのときからさ。歌舞伎町から逃げて、おまえと別れてからさ」


あの夜、佐倉は、おれと電車のなかで別れて、部屋に帰った。歌舞伎町でチンピラと揉《も》めたときに、給料袋を入れたジャンパーを奪われたせいで、勤務先を知られてしまった。会社に問いあわせれば、住所はばれる。翌日にでも追いこみがかかるかと、逃げる準備をしていたら、その夜のうちに男たちが踏みこんできた。

佐倉はめった打ちにされたあげく、組事務所に連れていかれた。そこでも半殺しの目に遭ったが、たまたま客として事務所にいた男に拾われたのだという。

男は、関東八洲会直系組織の若頭で、自分の組を構えていた。佐倉は、若頭の下でノミ屋やキリトリの仕事を手伝ううちに盃《さかずき》をもらい、正式に組員になった。若頭の弾よけをしばらく務めたあと、何人か舎弟もできて、自分のシマをまかされるようになった。

ところが三年ほど前、若頭は自分が経営するクラブで刺されて死亡した。客どうしのケンカを仲裁に入っての巻き添えだった。

犯人は、義理事で上京していた誠神会の組員で、堂丸の舎弟だった。

しかしトラブルの発端は、同席していた堂丸が客を殴ったことだった。堂丸が舎弟をけしかけたという証言があったが、裁判の過程でうやむやになった。

その結果、舎弟だけが殺人罪に問われた。

ふつうなら抗争に発展するところだが、殺された若頭の親分が誠神会の総長と盃をかわしていた関係もあって、異例の手打ちになった。

堂丸は傷害のみで起訴されて、ごくわずかな実刑ですんだ。

手打ちになった以上、堂丸に手をだすのは御法度だが、それは表むきの話で、内々では堂丸を殺害する計画が進んでいた。その役目を買ってでたのが佐倉で、堂丸の出所を待って、北九州にきたという。


「やっと、おまえが小便にいかんわけがわかったよ」

おれがそういうと、佐倉は苦笑して、

「弾よけが長かったからな。そんな軀《からだ》になっちまう」

弾よけの男たちの生活については、飯塚から聞いたことがある。

彼らは、常に極度の緊張を強いられる。ガードしている親分や幹部がやられたら、自分の首も飛ぶ。一瞬のすきも作れないから、親分が家に帰るまでトイレにもいけない。そのせいで、インポテンツになる者も多いという。

「それで女も作らんのやな」

「バカ。立たねえわけじゃない。しがらみが負担になるせいだ」

「それにしても、手打ちになったんやろ。仇討《あだう》ちにしても、堂丸を殺ったのは、まずいんやないんか」

「親をやられたら、やるしかない。面子《メンツ》が立たなきゃ、この稼業じゃ生きられん」

「しかし、おまえが極道になるとはの」

「在日が任侠《にんきょう》張ったら、おかしいか」

おれは首を横に振って、

「どうするんや、これから」

「上に報告してから自首するよ。おまえのことは唄わんから、心配するな」

「バカいうな。おれが殺されかかっているところを、おまえが助けてくれた。つまり正当防衛やろう」

「そういってくれるのはうれしいが、おまえも関わっているのがわかれば、誠神会から追われるぞ」

「かまわんよ。おれが黙ってても、どうせ堂丸の舎弟が唄うやろ。おまえに見せてやりたかったけど、おれだって、ひとりはやっつけたんや。おまえに教わったように、菜箸《さいばし》を鼻の穴に突っこんで――」

身振りをまじえて状況を説明すると、佐倉は声をあげて笑った。

ところで、と、おれは遠慮がちにいった。

「長くなりそうなんか」

「おまえがかばってくれても、おれはやくざだから、正当防衛にはならんだろう。そこそこの懲役にはなるな」

「またしばらくは、一緒に呑《の》めんの」

ああ、と佐倉はうなずいた。そこで会話は途切れた。

黙っていると胸が苦しくて、思わずくだらない気休めを口にした。

「でてきたら、出世するんやろ。関八ちゅうたら、極道のエリートやないか」

「どうかな。場合によっては破門だし、組の風向きしだいだろ」

「なんにしたって、でてきたら迎えにいくわ」

佐倉はうなずいて、腰をあげた。

「じゃあ、そろそろいくよ」

なにかいうべきだと思うが、胸がつかえて、適当な言葉が見つからない。

佐倉と一緒に、病院の外にでた。

白みがかった空に、うっすらと星がまたたいている。

「まだ叩《たた》いてる奴がいるな」

いわれてみれば、どこかでまだ太鼓の音がする。

リズムもなにもない調子っぱずれな音だ。

「ああ、おおかた酔っぱらいやろ」

佐倉は、堂丸のベンツに乗りこんだ。

スモークを張った窓がおりて、佐倉が笑顔で手を振った。

おれも手を振って、笑おうとした。

けれども殴られた傷のせいか、顔がこわばって笑えない。

「なんだ、その暗い顔は」

と佐倉は眉《まゆ》を寄せて、

「そんな面《ツラ》しとったら、くらしあげるど、きさんッ」

佐倉は、たどたどしい口調で怒鳴ると、車を走らせた。

おれは、急いであとを追った。

ひと気のない道路に、見る見るテールライトが遠ざかった。

昼近くなって、ようやく明日香は眼を覚ました。

おれは待合室の椅子で仮眠しただけだから、意識が朦朧《もうろう》としていたが、明日香はやけにすっきりした顔で、

「ねえ、ここはどこ」

「病院や」

「この部屋を見たら、わかるわよ。でも汚い病院」

「贅沢《ぜいたく》いうな」

「でも、なんで病院にいるの。それにどうしたの、ひどい顔して」

「ゆうべの記憶はないんか」

「うん」

「ぜんぜん、おぼえてないんか」

「堂丸さんと呑みにいったのは、おぼえてる」

「なんやと」

「あんたが酔っぱらって、スナックで寝こんでるって、堂丸さんから電話があったの。だから、迎えにこいって——」

「そんなもん嘘に決まっとろうが。あれほど家にいろって、いうたやないか」

「だって酔っぱらったら、どこでも寝てるじゃない」

おれは溜息をついて、先をうながした。

「店へいったら、あんたがトイレで吐いてるから、ちょっと待ってろって」

おれは頭を掻《か》きむしった。やっぱり、この女は底なしのバカだ。

「カクテルを呑んだら、急に眠たくなって、それからわかんない」

「そのカクテルに薬が入っとったんや。なら、堂丸のマンションに連れていかれたのも、おぼえてないんか」

「うん」

「おれがおまえを助けにいったことも、佐倉がきたこともか」

「うん」

がくり、と躯から力が抜けた。

命がけで助けにいったのに、なんの記憶もないといわれては、立つ瀬がない。とはいえ、酒とハルシオンを呑んだのでは、ひとたまりもないだろう。

明日香は、あくびを噛《か》み殺しながら、

「そんな怖い顔しないでよ。襲われたのは、あたしでしょ」

「襲われたって、おまえ――」

「堂丸さんには生理中だっていったし、たぶん、なにもされてないよ」

「たぶん、じゃない。ちょっと見せろ」

「バカじゃない。なにいってんの」

おれが伸ばした手を、明日香は振り払った。

聖愛医院をでたのは、昼すぎだった。

明日香をしばらく入院させる手もあったが、こんな病院にはいたくないというし、入院費だってバカにならない。

おれはおれで、シャワーでも浴びて、ゆっくり眠りたかった。だが、いまマンションに帰るのは、どう考えてもまずい。誠神会の連中か、警察が張っている可能性が高い。警察にはいずれ事情を話さなければならないから、拘束されても問題はないが、その前に明日香を安全なところに移動させておきたい。

コンビニで食料品を買いこんでから、駅前のホテルに入った。

部屋はセミダブルだが、チェックインは明日香にさせた。明日香がフロントにいるあいだ、おれはエレベーターの前で待っていた。

したがってホテルが把握している宿泊客は、明日香ひとりだ。追いこみがかかった場合、街じゅうのホテルは即座に調べられるから、ふたりでチェックインしたら、たちまち眼をつけられる。おれが傷だらけの顔でフロントにいけば、なおさらだ。

このホテルは名の知れた全国チェーンだが、どの街のホテルにいっても、フロントからエレベーターが見えない構造になっている。つまり客が誰かを連れこんでも見て見ぬふりをできるように造られていて、どうやらそれで集客を狙っているふしもある。

部屋でひと息ついてから、明日香に事情を説明した。

堂丸が刺されて死んだと聞いて、明日香は眉をひそめた。実際は堂丸にやられっぱなしだったが、話のあやで、佐倉とふたりで堂丸を倒したように脚色してしまった。

それが悪かったらしく、明日香は、しだいに興奮してきて、

「あんたが、殺《や》ったのね――」

「いや、とどめをさしたのは佐倉や」

「どっちでもいいわ。あたしを助けるために怪我をしたのね」

「それはそうやけど、おまえがおぼえていないんじゃな」

「あたしを助けてくれたんでしょ」

明日香は不意に顔を寄せてくると、

「ねえ、して」

おれはのけぞった。この女は、いったいなにをいいだすのか。

「いいから、して」

明日香は瞳《ひとみ》をきらきらさせて、のしかかってきた。

「だっておまえ、生理中やろ」

「それは嘘」

次の言葉を、明日香の熱っぽい唇がさえぎった。

いつのまにか、ぐっすり眠りこんでいた。

目蓋《まぶた》を開けると、明日香も隣で眠っている。肩を揺さぶっても、まったく起きる気配がない。朝まで昏睡《こんすい》していたくせに、疲れることをするせいだ。

タバコを吹かしながら、ぼんやりテレビを観ていると、ニュースがはじまって、見おぼえのあるマンションが画面に映しだされた。

アナウンサーが事務的な口調で、堂丸が殺害された事件について喋《しゃべ》っている。意外に早く屍体《したい》が発見された気もするが、蛭川が警察にあれこれ喋ったせいだろう。ニュースによれば、警察は犯人のゆくえを追っているといったから、佐倉はまだ出頭していない様子である。

ふと、床に脱ぎ捨てたズボンのポケットから、茶色の封筒が覗《のぞ》いているのに気がついた。すっかり忘れていたが、封筒の中身は土曜日の売上げだ。

枕元の時計は、三時をまわっている。

いつもなら、とっくに売上げを事務所に渡している時間である。

誠神会の件があるから、どのみち店は辞めるはめになるだろう。だったら、売上げを放っておいてもよさそうだが、あの大山のことだ。

「あのガキは、売上げ持って飛びやがった」

などといいだすに決まっている。ただでさえ誠神会に追われているのに、わずかな金のせいで、大山の追いこみまでかかったら、気分が悪い。

外を出歩くのは危険だが、事務所にいけば、なにか情報が得られるかもしれない。偵察かたがた、売上げを持っていくことにした。

明日香は起きる様子もなく、ぐうぐういびきをかいている。

あとで連絡するからホテルをでるな、と書き置きしてから、部屋をでた。

事務所にむかって急ぎ足で歩いていると、ケータイが鳴った。

着信表示は赤城である。即座に通話ボタンを押して、

「なにやってたんですか、いままで」

赤城はなにかいっているようだが、声がこもって聞きとれない。左耳の鼓膜が破れているのを思いだして、右の耳にケータイをあてた。

「聞こえとるんかい。いま警察をでたところや」

「警察ですか」

「おう、おれは病院でてからずっと、あの堂丸ちゅうガキを捜しとったんや。けさになって、あのガキのヤサがわかったけ、カチコミかけたんや」

「――はあ」

「そしたら、警備員がごちゃごちゃいうやないか。頭にきて揉《も》めとったら、今度は警察《ヒネ》がきての。なにごとやて訊《き》いたら、堂丸が殺されたちゅうやないか。おかげでおれは疑われて、いままで事情聴取や」

どうやら赤城は、おれたちが堂丸のマンションをでた直後に、乗りこんでいったらしい。病院を脱走したと聞いて、厭《いや》な予感はしていたものの、このおやじは、やはり頭がおかしい。とはいえ、ここで反応しないと、妙な疑いをかけられる。

おれは、さも驚いたような声で、

「堂丸はマジで殺されたんですか」

「おう。おれがあのガキを殺そうと思うとったのに、先まわりしくさったんは、どこのどいつや。今度はそいつをしばいたろうかと思うとるんや」

おれは、思わず首をすくめた。

「ほな、おれは忙しいけ、切るぞ」

赤城はそういって、電話を切った。

おととい腹を刺された男が、どういうふうに忙しいのか。

わけのわからない行動にあきれていると、また電話が鳴って、

「大事なことを忘れとった。あとでTシャツの売上げをよこせ」


事務所のドアを開けると、大山はデスクに足を投げだして、新聞を読んでいた。

矢崎はソファでコーヒーを啜《すす》っていたが、おれに気づいて、にやりと唇を曲げた。

おれはなに喰《く》わぬ顔で、ふたりの前を横切って、小林に売上げを渡した。

大山が不意に新聞を投げだすと、

「誠神会の堂丸が殺されたそうやな」

なんと答えていいかわからずに大山の顔を見た。眉間《みけん》に深い皺《しわ》が走っている。

「知らんのか」

「――はあ」

ふん、と大山は鼻を鳴らして、

「堂丸をやったんは、関東八洲会のもんらしいわ」

おれは、ぎょっとした。佐倉は、まだ警察に出頭していないはずなのに、どうしてそん

なことを知っているのか。

「戦争ですかね」

矢崎が訊くと、大山は首を横に振って、

「戦争にはならん。堂丸ちゅう奴はシャブ喰うてたのと、パチンコ屋の細沼ちゅう男を殺しとったからの。シャブも堅気を殺すのも、表むきは御法度やから絶縁や。きのう付けで絶縁状がまわっとる」

「きのう、ですか」

おれは、おずおずと訊いた。

堂丸が殺される直前に絶縁状がでるとは、やけにタイミングがいい。

大山は切れ長の眼でこっちをにらんで、

「日付けなんぞ、どうにでもなるやろ。堂丸ちゅう奴は、もともと誠神会も持てあましとったみたいやが、一応は幹部や。組員のうちにタマとられたら、黙っとるわけにもいかんやろうが、絶縁すりゃあ、赤の他人やからな。まあ前々から話はできとったんやろ」

いつだったか、「ゴードン」にきた関東八洲会の男たちを思いだした。佐倉は、そのことを知っていたのだろうか。あの前後に誠神会とそうした話がもたれたのかもしれない。

「さすがの誠神会も、関八と揉めるのは厭でしょうしね」

と矢崎がいった。

堂丸が絶縁なら、佐倉の立場が悪くなることはないだろう。

胸を撫《な》でおろしていると、大山が嚙《か》みつきそうな顔で、

「警察がおまえのことを捜しとるぞ。なんかやったんか」

「――いえ」

「そんな傷だらけの面《ツラ》で、とぼけるな。堂丸の舎弟が唄うとるんや」

「なんで、蛭川が」

思わず声がうわずった。

なぜ大山が蛭川のことまで知っているのか。あいつはまだ警察のはずだ。

「おれはのう、警察にもようけ知りあいがおるんや。おまえが蛭川をいわしたことぐらい、とっくに知っとるんじゃ」

おれは黙ってうつむいた。

「半人前のくせに極道とマチガイ起こしやがって。堂丸の片棒担いだかどで、蛭川も絶縁やからええようなもんやが、下手打ったら店ごと潰《つぶ》されるぞ」

これで誠神会の追いこみを心配しないですむ。大山にあやまる必要はないと思ったが、ほっとしたついでに頭をさげた。

それとおまえ、と大山は続けて、

「明日香を喰うたうえに同棲《どうせい》しとろうが」

「――はい」

「おまえも明日香も首や」

「わかりました」

どうせ辞めざるを得ないと思っていたから、特に未練はない。

「お世話になりました」

一礼して事務所のドアを開けると、大山の声があとを追ってきた。

「おまえとあの女を首にしたついでに、ギルビーも今月いっぱいで閉店や。新井の店も幽霊騒ぎで閉めたし、こんな不景気に水商売なんぞ、かったるくてやっとれん」

ドアのむこうに踏みだした足を止めて、大山を振りかえった。

「来月からギルビーは、矢崎が経営するそうや。そこでおまえらみたいなバカを、つがいで雇うんなら、おれは知らん」

大山は怒鳴って、また新聞を読みだした。

「うちはホステス喰ったら首なんて野暮はいわないよ。来月からよろしくね」

矢崎はそういって、うふふ、と笑った。

明日香のマンションに帰ってきたのは、夕方だった。

このままホテルにいたいと明日香はぐずったが、誠神会の追いこみがないのなら、わざわざホテルに泊まる必要はない。

閉め切っていた部屋のなかは、むっとした熱気がこもっている。換気のために窓を開けると、どこかで虫の声がした。

テレビの天気予報が、今夜は熱帯夜になるだろうといっている。

コンビニで買った裂きイカを肴《さかな》に缶ビールを呑《の》んだ。

仮歯がなくなったせいで、イカが嚙《か》み切れずに口をもごもごしていると、

「やだ。おじいちゃんみたい」

明日香が顔をしかめた。

「誰のせいで、こうなったんや」

「ごめんね。でも、おじいちゃんって好きよ」

明日香のいうことは、あいかわらず脈絡がないが、前歯はないわ鼓膜は破れるわでは、たしかに老人さながらだ。

「これから、どうするかな」

缶ビールを呑みながら、ひとりごちた。

「どうするって、またあの店で働くんでしょう」

「どうかな。せっかく首になったんやからの」

「首っていっても、社長が矢崎さんにかわるだけじゃない。あたしは残るよ」

「残ってどうする」

「どうもしないわ。また前とおなじ」

「それじゃ進歩がないな」

「進歩なんかしなくていいわ。あんたと一緒にいられたら」

「愛人になるんやなかったんか」

「そう。だから、あんたが進歩するの」

「バカいうな」

「冗談じゃないわ。あたしはいつも本気よ」

明日香は急に身を乗りだして、

「ねえ、あたしのこと、愛してる？」

「そんな安っぽい言葉をいうな」

「黙ってちゃわかんないわ、言葉でいって」

「いちいちそんなことをいわすな」

明日香は、おれの缶ビールをひったくって、一気に呑み干すと、

「女は、いちいちいって欲しいの。ねえ、愛してる？」

「やかましい。そんなことよりビールを持ってこい」

テレビの画面がニュースに変わって、堂丸の事件の続報が流れた。

警察署に出頭してきた暴力団組員を殺人の容疑で取り調べていると、アナウンサーは告げた。佐倉が出頭したとなると、あしたは事情聴取にいかねばならない。場合によっては、今夜にも呼びだしがあるだろう。

明日香がキッチンに立った。ビールを取りにいったと思ったら、金魚の入ったグラスを持ってきた。すっかり忘れていたが、二匹ともまだ生きていた。

「この金魚、どうしたの」

「祭ですくったんや」

明日香は熱心な顔つきで、グラスを覗《のぞ》きこんでいたが、

「ねえ、この黒い金魚、あんたみたいね」

「おれは、そんな出目やない」

「だって金魚のくせに、おもしろくなさそうな顔してるよ」

「金魚だって、おもしろくねえだろうよ。せまいところに押しこめられて。それでビールはどうなったんや」

明日香は、おれがいうのを無視して、

「このかわいい赤い金魚は、あたし」

おれは溜息《ためいき》をついて横になった。

ここ数日の疲れがあらためて全身に広がっていくようで、目蓋《まぶた》が重くなった。仮歯が折れたあとを、そっと舌先で舐《な》めるとざらざらする。

明日香が水に落としたパン屑《くず》を、二匹の金魚がひらひらとつついている。それを薄目を開けて眺めながら、またヤブ医者のところへいかなければと思った。


本書は二〇〇三年十二月に集英社より刊行された単行本を文庫化したものです。

解説

温水ゆかり

二〇〇三年、『真夜中の金魚』を単行本で読みおえたときの新鮮な驚きのことは、よく憶《おぼ》えている。

「ナニコレ⁉ コノ作者ナニモノ？」

そんな言葉が口をついて出た。そのココロはもちろん「只者ジャナイ」。「現実」と同音異義語のホラー・ファンタジー『幻日』でデビューし、その頃すでにいくつかの著作をものしていた著者には失礼だが、それが私の福澤徹三入門だった。本書が著者の初めてのストレート・ノベルであることを知ったのも、そのときだ。

タダモノじゃない著者はその後、もうひとつの〝マヨキン〟とも言うべき『すじぼり』（〇六年）を発表、この力作長編で第十回大藪春彦賞を射止める。

だもので、つい、書いてしまったんですね。『すじぼり』が文庫になったとき、週刊朝日で担当している〈愛でたい文庫〉というコーナーで、なぜあのさらなる傑作『真夜中の金魚』は文庫化されてないんだ。おかしいじゃないか、と（〇九年八月）。そんな言葉で書きはしなかったけれど、気分はほとんど喧嘩《けんか》を売っていた。

私の中ではまず『真夜中の金魚』であり、それから『すじぼり』なのである。この流れは変えられない。たとえてみれば源流と本流、兄貴分と弟分、もっと言えば汁物のお椀《わん》とふたの関係である。ふた取らなきゃ、お吸い物、飲めないでしょう。弟分の『すじぼり』には映画化の予定もあって、活字を超えて大きく育っていくのは喜ばしいが、だからといって兄貴が放置プレイ同然の扱いを受けているのは気にくわない。などと歯がゆい気持ちで悶々としていたら、こうして文庫になった。今度こそ、文句なくメデたい。

さて、『真夜中の金魚』は、チンピラ小説である。あらかじめ負けが込んだルーザー小説であり、チンケなアウトロー小説、男二十五、後厄の祟《たた》り小説でもあったりする。〝なんだ、冴《さ》えねえじゃん〟と、つぶやいたあなた、そう、その反応は正しい。凋落《ちょうらく》激しいネオン街、古びたテナントビルの一階にあるスナック、そこでこき使われている地元出身の青年の話なのだから。

舞台は『すじぼり』と同様、かつて製鉄と炭鉱と賭博《とばく》で栄えた北九州市である。主人公の「おれ」は、昼間はパチンコの〝打ち子〟で小遣い稼ぎをし、夕方からは「ギルビー」のバーテンダーとして働いている。彼はこの店に勤めて四年、店では「チーフ」と呼ばれているが、なんのことはない。ボン中（ボンド中毒）の一つ年上のチーフが店の女に手をつけてクビになったあと、自動的に昇格しただけのこと。それもマネージャーの赤城がでかいヤマを踏むと言って急にやめた後、店の男は彼ひとりという有様。人件費をケチる社長のせいで、以前と同じ給料で、開店前の掃除から、仕込み、営業時間内のコック役、閉店後の金勘定まで何役もこなさなければいけない損な役回りをさせられている。

本書は冒頭で、「おれ」がパチンコを切り上げ、店に出勤し、仕事を終えて深夜に帰宅、翌日店の売上金を大山興業の社長のもとに届けるまでの二十四時間の動きを時間の進行とともに描いていく。導入部に当たるこの三十数ページは、初読の方はもちろんのこと、再読の方もどうか味読されたい。文庫になる前の加筆修正ゲラを読むという幸運にあずかった私は、正直いって二度驚いた。なってこった！　福澤さん、こんな書き巧者になってしまってどうするの？

エンターテインメント映画に、オープニングから数分以内に、主人公の人物像、登場人物たちとの関係、これから何が起こるかを観客に明示しなければならない、という鉄則がある。この導入部はまるでそのお手本。過去のエピソードや出来事が現在に絡み、人物が効果的に出し入れされ、このあとの展開で人もエピソードも有機的に繋《つな》がる布石になっている。この文庫を担当する女性が上手に一言で言い表している。「スポーツカーのエンジンがフルチューンナップされた感じです」。そうそう、本書を楽しむことは、この始動をへて、エンジンの回転数が上がっていく有機的な広がりを楽しむことだと言ってもいい。

では、物語の回転数が上がるきっかけになるのはなにかといえば、売上金を大山興業のもとに届けたときのやり取りである。売掛台帳を見て、噛《か》みつきそうなアメリカンピットブル顔をした社長の大山が吠《ほ》える。「ツケを払わん奴は盗人《ぬすっと》や。ばんばん追いこみかけんかい」「若いけちゅうて、ナメられとったらいかんぞ。きっちり回収せい」

盗人呼ばわりをされたのは、ふた月ほど前に一顔《いちげん》で「ギルビー」に現れ、週に二度ほど通ってきている堂丸だ。どうやら二十二歳のホステス明日香が目当てらしい。鼻と耳が潰《つぶ》れた堂丸は不動産会社の社長という触れ込みだが、いつも長袖《ながそで》のシャツを着て、どこか堅気ではない冷気を漂わせている。

　この時点で青年には二つの憂鬱《ゆううつ》が発生する。一つは請求を躊躇《ちゅうちょ》しているうちに堂丸が逃げて大山が怒りくるい、堂丸のツケを肩代わりさせられる可能性があること。大山の本業は街金だ。ヘタすると大山金融への貸借契約書に判子をつかされて、金利の海で溺《おぼ》れさせられる。もう一つは、堂丸がその筋の人間だった場合、どんな手段を使ってでも明日香を自分の女にしてしまうだろうということだ。

　どっちに転んでも、「おれ」は頭が痛い。店の女に手をつけるのは御法度だが、そんな律儀な男などいるわけがない。「おれ」は半年前に明日香と深い仲になり、宿無しなのをいいことに彼女のマンションに転がり込んでいた。話はこうして、祇園《ぎおん》祭に向けて太鼓を練習する音がどんどん威勢よくなっていく中、クライマックスの荒事に向かって加速していく。

　登場人物たちのエッジが立っているのも、この新〝マヨキン〟の読み所のひとつである。「おれ」にいいように使われる気の弱い三流大学の学生・金子、キティちゃんのサンダルをはいてガンを飛ばしてくる路上のイカレポンチ〝キティちゃん〟、歯科で受診しても外科で受診しても毎回出てくる「聖愛病院」のイメクラ嬢と見紛う受付や口の減らないヤブ医者、ゲイで軍事オタクでドラッグ中毒のスフ（鼻のもげたスフィンクス像から）、大きなヤマを踏んでいるはずだったのに、しょぼい偽ブランドTシャツを売るためにリターンしてきた異様に短気な武闘派・赤城など、これらの人々が織りなすドラマは、まるで現代の鳥獣戯画。

　その一方でもうひとつの読み所になるのは、東京に出奔しているときに友人になった佐倉との偶然の再会だ。初めて親友と呼べる間柄になった男で、在日である佐倉とは、差別や謝罪について語り合ったこともある。十八の頃のそんな思い出をかかえながら、彼を連れ回すご当地B級グルメの数々。

キレのいい笑いがある、男性器に玉を埋め込む方法や、博徒（任侠道《にんきょう》）とテキヤ（神農道）の違いなど、どう役に立てていいか困惑するような蘊蓄《うんちく》もある。スラップスティックとシリアスが数珠《じゅず》つなぎになった展開は、『すじぼり』を上回る傑作という前言を翻すことなく、返金保証の面白さだとここに断言したい。

ところで——、私はここであらためて初心に戻りたいと思う。初めて読んだ丸六年前、青春小説の傑作だと思ったのはなぜかを考えてみたいと思う。

まず、ずっとこの作品を忘れがたく思っていたのは、なんともいえない透明感とみずみずしさがあったことだった。爽《さわ》やかなボーイ・ミーツ・ガールがあるわけでもない、せつない純愛や恋人の悲劇的な死があるわけでもない、主人公が何らかの経験を経て大きく成長するわけでもない。それでも、疲弊した地方都市、行き場のない日常という冴えない道具立ての奥にナニカがあった。ゴツゴツした原石の中に、貴石の鉱脈のような輝きが走っていた。この作品を忘れがたいものとして記憶していたのは、小説内部をほのかに照らし出すそんな光のせいではなかったかと思う。

では、その光を発している鉱脈とはなんだろう。主人公自身の内面で生起している感情のプリズムだったと今にして思い至る。

主人公は親のタンス預金はくすねて出奔するが、赤城のように店の伝票を操作して、売り上げの一部を自分の懐に入れるようなことはしない（面倒くさい）。赤城が地元の祇園祭で偽ブランドTシャツを売れと言えば、あのおやじがと毒づきながらも、せっせと売ろうとする。おなじ女と長く暮らすのは性に合わないといいながら、いざ堂丸が明日香を自分のものにしようとすると、狂犬相手に体を張って救い出そうとする。この青年は金や女など、たいていの大人がまみれている欲望に対して、まだはっきりとした執着を持たないニュートラルな位置にいて、その心根にはどこか清潔感があるのだ。

ニュートラルと言えばこの青年には名前がない。そのことも象徴的だ。一人称小説でもどこかで相手に名前を呼ばせるなど、主人公の名を明かす手はいくらでもあるのに、著者は最後まで彼に名前を与えなかった。名無しの権兵衛《ごんべえ》のまま通したその抽象性が、本書をおセンチでもない、ナルシスティックでもない、自己憐憫《れんびん》型でもない普遍的な青春小説の位置まで押し上げた。

「なんや、コラッ」（キティちゃんサンダル野郎）、「のう、兄ちゃん」（堂丸）、「聞いとるんか、きさんッ」（大山）、そして「あんた」（明日香）と、さまざまな呼ばれ方をする中で、去っていく佐倉が覚えたての北九州弁で、別れの言葉を言うのがいつまでも耳に残る。

「そんな面《ツラ》しとったら、くらしあげるど、きさんッ」

たどたどしさの中にある友情、乱暴なもの言いの中にある抒情。青春小説とは、いままさに過ぎ行こうとしている現在に、愛惜がにじんだもののことを言う。いつか私も、女だてらに言ってみたい。

真《ま》夜《よ》中《なか》の金《きん》魚《ぎょ》

福《ふく》澤《ざわ》徹《てつ》三《ぞう》

平成22年 3月25日　初版発行
令和7年 9月30日　15版発行

発行者●山下直久

発行●株式会社KADOKAWA
〒102-8177　東京都千代田区富士見2-13-3
電話　0570-002-301（ナビダイヤル）

角川文庫 16193

印刷所●株式会社KADOKAWA
製本所●株式会社KADOKAWA

表紙画●和田三造

●お問い合わせ
https://www.kadokawa.co.jp/（「お問い合わせ」へお進みください）
※内容によっては、お答えできない場合があります。
※サポートは日本国内のみとさせていただきます。
※Japanese text only

ISBN978-4-04-383405-1　C0193